L'IDIOT DU VILLAGE

Né à Paris en 1946, journaliste cofondateur d'*Actuel*, Patrick Rambaud a publié une trentaine de livres, notamment des parodies littéraires qui ont connu un grand succès. Il a obtenu le Grand Prix du roman de l'Académie française et le prix Goncourt en 1997 pour *La Bataille*.

Paru dans Le Livre de Poche :

L'ABSENT

LA BATAILLE

COMME DES RATS

IL NEIGEAIT

PATRICK RAMBAUD

L'Idiot du village

FANTAISIE ROMANESQUE

GRASSET

ISBN : 978-2-253-11484-0 – 1re publication LGF

À Tieu Hong,

à mon regretté cousin Frédéric Bon,
dont le fantôme m'a confié l'autre jour :
« Les mythes, les rêves et les envies
servent à écrire des romans. »
Alors je me suis plu à remonter le Temps,
vieux mythe, vieux rêve, vieille envie.

Paris, 1995

Me voici tranquille devant une bière fraîche, à la terrasse d'un bistroquet de la rue Montorgueil. Je sors à peine d'une grippe pénible mais j'ai l'esprit clair. Je déplie mon quotidien, jette un coup d'œil machinal sur la une. Tiens, il n'y a pas de dessin, aujourd'hui. C'est inhabituel. *La régie Renault s'efforce d'obtenir la reprise du travail.* Ah bon ? Billancourt est en grève ? Cette usine est pourtant fermée, mais il y a tant de grèves que je m'y perds. Je feuillette, parcours les titres. Quoi ? Je lis avec effarement : *Repli des forces vietminh au Laos*, *Le groupe R.P.F. va changer de nom et s'efforcer de sauver son unité*, *Détente à Pan-Mun-Jom*, puis un articulet signé Jacques Fauvet en cul de page, et l'annonce des *Perspectives algériennes* de Fabre-Luce...

Je referme aussi sec le journal et vérifie la date : vendredi 8 mai 1953, dixième année, n° 2576. Pas de panique, cela doit être un fac-similé, un supplément au numéro du jour, un cadeau pour je ne sais quel anniversaire. Lc marchand de journaux va me renseigner.

— J'ai pris *Le Monde* chez vous, tout à l'heure.
— Oui ?

— Regardez, c'est un numéro de 1953.

— Exact, dit le marchand en mettant ses lunettes, mais il ne vient pas d'ici : nous ne vendons pas des journaux de collection.

— Enfin ! Vous m'avez bien vu acheter ce journal !

— Je vous ai vu acheter un journal, mais pas celui-ci.

— Il était là, sur cette pile.

— Vérifiez, monsieur.

— Bien sûr, vous n'avez que le numéro du jour.

— Nous rendons au livreur ceux de la veille.

— Je ne rêve pas, celui que je vous montre date de 1953.

— En effet...

— Vous êtes certain qu'il ne s'agit pas d'une édition spéciale, ou quelque chose comme ça ?

— À ma connaissance, non.

— Mais je ne l'invente pas, ce journal !

— Quelqu'un vous aura fait une farce.

Une farce. Le marchand avait un air apitoyé devant mon excitation. On trouve des journaux anciens, à Paris, mais leur papier, jauni, s'effrite à la pliure, or celui-ci a une odeur d'encre fraîche, il sort de l'imprimerie ; qui s'amuserait à publier un journal d'il y a quarante ans, et à le glisser en sournois sur la dernière édition, juste pour me berner ? Cela ne tient pas. Ce qui tient, c'est la réalité du papier, blanc et neuf, et de ces articles que maintenant j'épluche. Ah, mais je ne suis pas fou ! Je saurai d'où provient ce journal de 1953, puisque tout s'explique ; ainsi rassuré, j'en tourne les feuilles avec curiosité. Qu'y a-t-il en deuxième page ? Les événements d'Extrême-Orient, des documents sur le trafic des piastres, une violente campagne nationaliste dans les milieux républicains de Washington, et en regard, à la page suivante, l'assemblée du conseil de l'Europe se réunit déjà à Strasbourg. J'apprends en outre que la SNCF a du mal à s'électrifier, que des consommateurs et des commerçants lyonnais s'entendent pour diminuer le coût de la vie. L'édito parle d'un lieutenant-colonel Nasser : « Les conversations commencées il y a dix jours au Caire viennent d'être une fois de plus renvoyées à une date indéfinie... »

Comme ces informations sont floues.

En 1953 ? Dans mon enfance, rien n'a dû marquer cette année-là. J'ai de pauvres repères. Je portais des culottes courtes en jersey, avec des bretelles croisées dans le dos. Je prenais des boîtes en carton pour des navires, elles glissaient bien sur le parquet, et mes soldats de plomb, Assyriens et hussards mélangés, débarquaient sur les tapis pour s'emparer d'une commode façon Louis XV. J'étais protégé, le monde s'arrêtait aux limites de mon quartier ; j'avais quinze ans quand j'ai traversé la Seine pour découvrir la rive gauche. Quoi d'autre ? En hiver, je descendais en luge la rue Quentin-Bauchard ; derrière Saint-Pierre-de-Chaillot, Monsieur Barrus vendait du boudin noir au mètre ; le lait se servait à la louche dans des bidons en fer-blanc ; le dimanche, je faisais signer ma carte de messe à la sacristie ; il y avait des rails de tramway entre les pavés de l'avenue Marceau... J'entends la porte. Marianne vient de rentrer, elle se débarrasse de ses chaussures sur la moquette, s'accroupit à côté de mon fauteuil et rejette en arrière ses mèches andalouses, noires, çà et là filetées de blanc.

— Tu rêvasses ? me demande-t-elle.

— Je réfléchis aux années cinquante.

— Tu as la grippe nostalgique ?

— Pas du tout. C'est à cause du journal... Prends-le, tu vas être surprise.
— Par quoi ?
— Lis-moi les titres de la première page.
— Si tu veux, dit-elle d'un air narquois, en soupirant comme si elle se pliait à un caprice : *L'ennemi informatique numéro un piégé aux États-Unis, Kobé : le grand mythe japonais ébranlé...*
— Arrête !
— Tu me demandes de lire les titres du journal.
— Pas de celui-là, de l'autre !
— Quel autre ?
— L'autre exemplaire, sur la table !
— Il n'y en a qu'un.
J'étais perplexe, je suis inquiet. Un journal ne se volatilise pas, et puis je n'ai pas acheté *Le Monde* du jour, j'en suis sûr, mais il est là, dans les mains de Marianne. Si je m'explique, elle ne va pas me croire, alors je me renfrogne. Elle hausse les épaules et file vers la salle de bains. Je cogite. Le marchand de journaux peut témoigner, du moins je le suppose. Si Marianne l'interroge, peut-être lui répondra-t-il : « Un journal de 1953 ? Ah non, je ne vois pas... » Ou pire : « Le monsieur avait l'air tellement déconfit, alors j'ai dit comme lui pour pas le contrarier. » Les gens sont distraits ou menteurs, une victime doit toujours se défendre seule. Tout de même, j'ai fouiné toute la soirée sans mettre la main sur ce maudit journal.

Quai Saint-Michel, je déniche des vieux *Paris Match* fermés dans des sachets en plastique, que j'achète pour le parfum d'époque, puis un numéro d'*Esprit* daté de février 1953 : *La France deviendra-t-elle un État policier ?* Avec une impatience anormale, je n'attends pas de retrouver mon fauteuil pour décortiquer ces documents ; je m'installe dans une brasserie du Châtelet. *Esprit* détaille la répression coloniale à Madagascar et en Tunisie, les massacres du Maroc, comment nous torturons en Algérie, comment nous livrons des Vietnamiens à la police de Bao-Daï et des républicains espagnols aux tortionnaires de Franco. Il est aussi question des intégristes catholiques, étrillés par Jean Lacroix pour leur dangereuse névrose, et des Turbans Verts égyptiens qui crient : « Christian Dior, voilà l'ennemi ! » Rien n'a changé ? Un ancien directeur des Renseignements généraux de Vichy est au gouvernement... Je traverse les textes en diagonale, je m'attarde sur des photos qui ravivent ma mémoire ; le modernisme arrivait ; on chantait la cellophane, le formica, le plexiglas, les pantalons en Tergal, la popeline de nylon qui ne se repasse pas et les mallettes tourne-disques. Le mobilier devenait pratique, carré, hideux, en fer forgé, en palissandre ; le motoculteur remplaçait le percheron. Dans les wagons de troisième classe, on s'asseyait sur des sièges en bois. Les numéros de téléphone commençaient par Balzac, Trudaine ou Botzaris. Ferré mettait Rutebeuf en musique, Roger Vailland achevait *Beau Masque, Les Vacances de Monsieur Hulot* ressemblaient aux nôtres. Je regagne mon appartement à petits pas, en serrant mes achats pour qu'ils ne se métamorphosent pas en magazines actuels. Cette pensée m'amuse. Je souris encore dans le vestibule. Marianne est déjà là. Elle s'est enfermée dans notre chambre pour écouter l'un de mes vieux quarante-cinq tours. Je reconnais Belafonte.

Je pousse la porte.

Un frisson de froid me court le long du dos.

Le disque de Belafonte tourne sur un teppaz aux flancs de similicuir. Le mur est tapissé d'un papier à fleurs que je n'ai jamais vu. Surtout, assise devant un secrétaire de bois clair, une jeune fille à queue-de-cheval mâche son crayon, un cahier ouvert sous les yeux. Des socquettes blanches, une jupe plissée, une ceinture trop large et trop serrée, et ce petit foulard : j'ai devant moi une demoiselle des années cinquante. Elle ne tourne pas la tête vers moi, comme si je n'existais pas, alors je referme la porte d'un geste vif. J'ai le vertige.

Sonné par l'apparition, sans me risquer à rouvrir la porte de notre chambre, je suis resté prostré, ensuite j'ai bu plusieurs bols de la tisane calmante que nous avons achetée au marché de Trouville, un mélange de passiflore et d'oranger, puis j'ai allumé la télévision pour justifier mon air hébété. « Tu as oublié que Mansart vient dîner ? » me lance Marianne, qui passe dans le couloir chargée de paquets. Je bougonne que non, mais cette invitation m'était sortie de la tête. À qui confier que j'ai croisé un spectre ? À Marianne ? C'est elle qui redoute les fantômes ; pas moi. Elle me répondrait avec humeur : « Oh, ça va, tu n'es pas drôle ! » À Mansart ? Nous nous connaissons depuis la fac ; il voulait réaliser des films, il est devenu psychiatre. Je vais profiter du dîner pour me renseigner en douce, sans préciser mon cas, sans décrire la dernière apparition, plus angoissante. Pourtant, si je conserve mes visions pour moi, elles vont me ronger ; mais si je les avoue, je me ridiculise. Marianne revient dans son peignoir jaune :

— J'ai trouvé tes vieux journaux par terre.

— Montre ! Ah mais non, ceux-là, je les ai achetés ce matin sur les quais.

— Comme l'autre ?

— Voyons ! Tu me prends pour un cinglé, ma parole !

— Je te prends pour un collectionneur de vieux trucs, qui finit par tout confondre. Tu es passé à la boulangerie ? Non ? Tu y vas ?

Par sa banalité, notre échange me remet d'aplomb et me rappelle que je vis dans un univers normal où l'on mange du pain frais. Toutefois, je descends par l'escalier en faisant du bruit, comme à la campagne, dans l'herbe haute, pour éloigner les serpents et les farfadets.

Je sors le rôti du four lorsqu'un caniche blanc, tondu par touffes comme un buis du parc de Versailles, rôde dans mes jambes. Mansart a un chien ? Je chasse l'animal de la voix et du geste mais il ne bronche pas. Comme il vient mendier ou chaparder, je découpe un morceau de barde et lui jette sous le museau ; il ne daigne pas le flairer, se réfugie sous l'évier. Certaines bêtes domestiques, je le sais, détestent qu'on les regarde manger, alors je me désintéresse et m'en vais avec le rôti. Marianne et Mansart bavardent en croquant des radis, elle se lève pour apporter le gratin savoyard et je dis à notre invité, en aiguisant le couteau au fusil :

— Je ne t'imaginais pas avec un chien.

— Moi non plus.

— Et le caniche ?

— Je n'ai jamais eu de caniche.

— Allons ! (*à Marianne, qui arrive de la cuisine :*) Tu n'as pas vu un chien, sous l'évier ?

— Ni chien, ni chat, ni souris, ni cafard, ni mouche. Sous l'évier il n'y a que des produits à récurer et les paquets de lessive.

— Venez !

— On va manger froid, avec tes lubies...

Ils me suivent pour constater l'absence de caniche blanc dans la cuisine.

— Je vous jure qu'il s'est couché là !

— Hier, dit Marianne, tu m'as juré avoir lu un journal de 1950.

— Mai 1953 !

— Si tu veux...

— Oh non, je ne veux pas !

— Calme-toi, mon vieux, me dit Mansart. Si nous parlions de tes mirages à table ?

Je découpe le rôti mais j'insiste :

— J'ai vraiment vu un caniche blanc.

— Tu as cru le voir.

— Non. Je l'ai vu.

— Ne sois pas têtu, dit Marianne, tu as cru lire un journal d'avant-guerre mais c'était celui du jour.

— Pas du tout !

— Un journal de quelle date ? demande Mansart.

— Mai 1953, je vous l'ai dit cent fois.

— Quel jour ? Tu t'en souviens ?

— Un vendredi.

— Tu pourrais nous donner les titres ?

— Pas avec précision, j'étais tellement surpris. Tout s'embrouille. Il y avait... Je ne sais plus, moi ! Ah oui, une grève chez Renault...

— Ça peut être n'importe quand, dit Marianne en levant les yeux au plafond.

— Si tu retrouves la formulation, ajoute Mansart, l'ordre des articles, on irait vérifier aux archives. Ça serait troublant, en effet.

— Tu vois, Marianne, lui il me croit !

— Attends, ce serait troublant, d'accord, mais on finirait bien par trouver une explication.

— Ça vient peut-être de sa grippe ? avance Marianne.

— Après une semaine de fièvre, reconnaît Mansart, oui, on peut avoir des bouffées délirantes.

— Comment vous convaincre ?

— En nous présentant tes chimères.

Et Mansart nous raconte l'histoire d'un aubergiste italien dont la mère venait de mourir. Il y pensait sans arrêt, jour et nuit, quand il dormait, quand il travaillait, quand il mettait ses poulets en broche, quand il servait ses clients. Un jour, comme la salle était remplie de voyageurs, il file à sa réserve chercher des miches de pain ; là, il prête l'oreille ; le bruit provient d'au-dessus, dans la chambre de sa défunte mère. Qui aurait osé y entrer ? Il en a interdit l'accès et a refusé qu'on déplace le moindre objet. Il monte, intrigué, sans faire craquer les marches pour surprendre un voleur éventuel, soulève le loquet et tire la porte en grand. Il reste cloué sur le seuil. Dans le lit, il reconnaît sa mère, en bonnet de nuit, toute ridée, qui grimace et s'agite sous les draps. Affolé, l'aubergiste dévale les marches et surgit dans la salle d'hôtes en criant. On l'entoure, on lui tapote dans le dos, on l'assoit, on le questionne : « C'est ma mère, dit-il enfin, là-haut, dans son lit ! Je l'ai reconnue ! » Des valets vont voir et reviennent aussi terrifiés : « Oui, c'est bien elle, nous l'affirmons ! » Quelques courageux, dont un curé qui s'empresse de bénir une carafe d'eau, montent à l'étage pour surprendre la revenante. Ils s'avancent près du lit, en effet occupé par une vieille fripée, courue de soubresauts malins. « Retire-toi, Satan ! » hurle le curé en aspergeant le spectre avec son eau bénite. Le spectre grogne sous cette averse, puis, soudain, saute sur le curé et lui mord sauvagement l'oreille. Tout le monde s'enfuit dans une épouvantable panique. La coiffe du spectre tombe dans la bagarre.

C'était un singe qui imitait sa maîtresse disparue, dans son lit, avec ses habits.

Mansart demeure sceptique, soit, c'est dans son rôle, mais il ne m'a pas convaincu avec sa fable. Quoi de commun entre cette supercherie involontaire et mes récentes apparitions ?

La nuit n'efface rien. Les ennuis du jour s'amplifient dans le silence et dans l'obscurité. La nuit avive les piqûres de moustique, les démangeaisons et les angoisses. Je doute de moins en moins de la fille à queue-de-cheval, du chien, du journal. Je me retourne dans les draps, les yeux ouverts, et Marianne me donne des coups de coude en grommelant. J'ai fini par me lever sans la réveiller, ou presque, en me cognant à une chaise où j'avais posé mon jean. Marianne me houspille en dormant. Je referme la porte qui grince. Dans le couloir, aux aguets, je ne distingue rien de spécial, je n'entends plus que mes pas feutrés et je vais m'asseoir au calme dans le salon.

Avant 1917, cet immeuble du centre de Paris était un hôtel que fréquentaient les Russes ; chaque étage avait été découpé en appartements de location, d'où ce couloir biscornu qui isolait et distribuait autrefois chacune des pièces. La plomberie n'a jamais été rénovée ; à la cave, les robinets d'arrêt d'eau portent encore les numéros des chambres. J'ai souvent pensé aux hommes et aux femmes qui ont vécu dans ces étages, qui ont ouvert mes fenêtres, qui ont dormi dans notre chambre. Combien d'abandons, de rires, de cris, de déchirures, de fêtes ? Combien de comédies et de drames dont la pierre garde le souvenir ? L'âme de la maison se cache dans ses murs, entre les tuyaux du chauffage et les réseaux de fils électriques. Une princesse moscovite ou un proche de Raspoutine ont pu s'accouder au balcon, regarder les fiacres, la cape des sergents de ville, l'éteigneur de réverbères. De quoi parlaient entre eux les clients de l'hôtel ? Sans doute de l'annexion par les Autrichiens de la Bosnie-Herzégovine, des jupes-culottes de Paul Poiret, de la voix de Chaliapine, de la grève des garçons de café parisiens qui réclamaient le droit de porter la moustache. Et les habitants des années vingt, trente, quarante, qu'ont-ils vu derrière mes vitres ? Quelles images ont réfléchies ces deux miroirs au-dessus des cheminées ? À la jeune fille en socquettes blanches de tout à l'heure j'ajoute les ombres des locataires d'antan, une fillette de Saint-Pétersbourg, un ami de Tolstoï, tout un cortège pour peupler mon insomnie. Ce cendrier de céramique verte a été fabriqué à Shangaï au début du siècle et je vois une espèce de Sun Yat Sen y écraser son mégot à filtre d'or. Assez ! J'invente, je télescope les époques. Ma bibliothèque envahissante s'y prête. À la page de garde de ce roman, le nom au crayon de son ancien propriétaire, *Maurice Perruchot, 1924*. Qui est-ce ? À quoi ressemblait-il ? Il a tourné avant moi les pages de ce livre, ses doigts se sont posés où se sont posés les miens. A-t-il apprécié sa lecture ? A-t-on revendu ses livres à sa mort, et de quoi est-il mort, Perruchot, et quand ? Je sors quelques volumes qui correspondent à mon état d'esprit bousculé, de vagues histoires de magnétisme et d'apparitions, l'*Essai sur les fantômes* de Schopenhauer ; je lis la description des corps éthérés selon Conan Doyle, lorsqu'il prêchait le spiritisme devant des foules, à Adélaïde, à Londres... Dès l'aube, la rue se réveille et j'ai les yeux lourds. J'entends le moteur d'un gros camion qui s'arrête en face de chez moi, et des voix, et des bruits. Pour me distraire je mets le nez à la fenêtre. Ce que je vois me glace.

Les arbres plantés il y a deux printemps, plumeaux fragiles aux feuilles brillantes et vertes, même en hiver, ils ont disparu. Les pavés de marbre gris de la rue piétonne ont été recouverts de bitume comme avant. Un manutentionnaire, debout sur la plate-forme d'un camion, jette des sacs sur les épaules de ses compères restés sur le trottoir, et ceux-ci les portent dans une boutique dont je lis nettement l'enseigne : *Tirveillot, pommes-de-terre en gros*. Cette boutique a été remplacée, voici quatre ans, par un centre de scanner tout neuf.

J'ai besoin d'un témoin à ma berlue. Je file dans la chambre, excité, je secoue l'épaule de Marianne, elle râle, finit par se dresser : « Viens vite ! Viens ! » J'allume sa lampe. Éblouie, elle plisse les yeux :

— Quelle heure est-il ?

— Je ne sais pas, cinq heures et quelque chose !

— Tu es malade ?

— Je veux m'en assurer. Viens, s'il te plaît !

Assise sur le rebord du lit, elle cherche de l'œil ses pantoufles en velours noir dont les lanières, piquées à la va-vite dans un atelier de Kowloon, commencent à se découdre. Elle passe un tee-shirt et me suit enfin.

— Marianne, va regarder à la fenêtre.

— Qu'est-ce que je dois voir ?

— Avant le centre de scanner, qu'y avait-il, comme boutique ?

— Le marchand de patates en gros, c'est ça ?

— Et alors ? Que vois-tu ?

— Le centre de scanner.

— Et le camion ?

— Quel camion ?

Je m'effondre dans mon fauteuil. Marianne s'étire et bâille : « Tu es fatigué, et quand tu es fatigué, tu es fatigant... » Elle retourne vers la chambre et m'engage à l'imiter. Je m'empêche de retourner vers la fenêtre et me glisse sous les draps.

Lundi, mardi, mercredi ; rien d'étrange. Mansart a prolongé mon congé maladie et j'ai un mois pour me retaper. C'est Marianne qui l'a eu au bout du fil. Il a dit : « Surmenage. La grippe n'a rien arrangé. Tu ne peux pas l'emmener une semaine à Trouville ? Ce sont les grandes marées, un bon coup de vent sur la plage le remettrait sur pattes... » Comme Marianne ne peut pas interrompre son travail pour m'accompagner à Trouville, et que je refuse d'y aller sans elle, je reste à Paris, je flâne un peu, je dors, je réfléchis, je lis. J'ai parcouru ce matin un roman de Maurice Renard que j'avais oublié, *Le Maître de la lumière*, où le nouvel habitant d'une maison découvre que ses vitres parviennent à emprisonner le temps ; un jour, comme au spectacle, en regardant par la croisée, il assiste à l'attentat de Fieschi qui a eu lieu un demi-siècle plus tôt. De la même façon, mais en vrai, j'ai pu voir la devanture d'une boutique qui n'existe plus. Ce n'était pas fugitif, ce n'était pas un éclair, mais une scène de rue installée, que j'ai observée plusieurs minutes avant de réveiller Marianne.

Je devrais effacer mes visions grotesques mais je n'y arrive pas. J'essaie un Dumas, je reprends *Salammbô* ; j'abandonne vite d'Artagnan, Mathô et Spendius, et la prêtresse de Tanit à la chevelure poudrée de sable violet. Je ressasse. Me voici dans *Les Expériences d'un psychiste* de William James ; il mentionne le cas de cette Anglaise qui lisait dans le cristal les annonces nécrologiques du *Times*, ou celui de ce garçon qui, sous un hangar, entend la voix de sa mère décédée ; elle lui crie : « Stephen, sauve-toi ! » Il obéit. Le toit du hangar s'effondre. Nous aurions des pouvoirs en suspens, écrit James. Je n'y ai jamais prêté attention, et lorsque nous faisions tourner les tables le jeudi après-midi, entre lycéens, c'était pour rire, en soulevant le meuble du genou. Aujourd'hui cela me trouble et confirme la réalité de mes hallucinations. J'ai lu un journal neuf de 1953, j'ai vu un caniche dans la cuisine, et la boutique, et la jeune fille à queue-de-cheval en socquettes blanches.

Jeudi, je cherche pendant des heures nos albums de photos. Ils ne sont pas à leur place, sauf deux, les plus anciens, qui s'interrompent comme par hasard en 1953. Marianne en noir et blanc, elle a cinq ans, au parc Monceau avec sa mère qui lui tient la main, puis dans le Vercors sous la neige, elle rit, elle a perdu une dent de lait. D'autres clichés à bords dentelés comme un petit Lu la montrent en jupe à fronces, avec un drôle de bonnet, elle boude devant l'objectif, ou bien elle fait le pitre, mal déguisée en indienne, mais je la reconnais à ses yeux clairs, à la forme inchangée de son visage. J'aurais aimé la suivre d'album en album, pour mesurer un passé qui me revient par bribes incontrôlables. J'ai beaucoup voyagé dans les photos : au collège, je finissais l'étude du soir en arrêt devant les illustrations du Lagarde et Michard, les surveillants croyaient que j'étudiais, mais non, à force de fixer le Baudelaire de Nadar je voyais remuer ses lèvres, nous causions, à moins que je ne m'en aille en barque dans cette image du lac du Bourget qui décorait un poème de Lamartine... Où Marianne a-t-elle pu ranger ces albums, les plus récents, nos souvenirs communs, ses poses, la virée à Bangkok pour fêter ses trente ans, nos séjours à Barcelone ou à Positano, quand nous savions profiter de juillet ? Je lui demanderai ce soir. Elle a de l'ordre.

— Marianne, où as-tu caché les albums de famille ?
— Dans le couloir, au-dessus des bibliothèques.
— Je n'en ai trouvé que deux.
— Je n'y ai pas touché.
— Après 1953, ils ont disparu.
— Ça m'étonnerait.
— Viens vérifier, si tu ne me crois pas.
— Je te crois, je te crois...
— Mais tu t'en moques !
— Il n'y a pas de quoi s'énerver.
— Si, Marianne ! Personne n'a touché à ces albums et ils ne sont plus là.
— Eh bien ils sont ailleurs.
— Merci !
— Tu as dû les sortir un jour et les reposer n'importe où.
— Je suis certain que non.
— Des albums de photos, ça ne s'évapore pas. Tu as pris les calmants de Mansart ?

Je n'ai pas pris les médicaments prescrits par Mansart. Je n'en ai pas besoin. Je suis calme, je suis reposé, j'établis désormais une distance avec tout ce que je subis. Ces albums égarés me contrarient, mais l'inexplicable m'entoure, je dois m'y habituer et résister. Je n'ai jamais coupé dans les récits de maisons hantées, avec les assiettes qui dansent la rumba, les guéridons malpolis qui se fracassent contre les murs, les chevaliers boiteux qui claudiquent après minuit dans l'escalier du donjon. Fadaises. Sornettes de gardiens de musées. Folklore. Je m'en persuade, mais les vieilles maisons possèdent une mémoire, et ces apparitions, pourquoi ne seraient-elles pas liées à des scènes qui s'y seraient déroulées ? Je me contredis ? La doctoresse du quatrième a emménagé dans l'immeuble aux environs des années trente : si j'allais lui demander, sous un prétexte quelconque, de me raconter les locataires ?

La doctoresse a dépassé les quatre-vingts ans ; elle marche dans la rue en s'appuyant sur son parapluie mauve, par coquetterie, pour ne pas montrer qu'elle a besoin d'une canne ; elle se poudre les joues et se teint les cheveux ; elle parle entre des lèvres sèches et peintes : « Un jour on retrouvera mon squelette assis dans ce fauteuil, souriez pas, ça vient d'arriver près de Barcelone, c'est dans le journal : *Mort dans son salon depuis six ans*. Personne s'était soucié de ce monsieur solitaire, et pour moi non plus, ils se feront pas de mouron, les autres, mais c'est tant mieux ! » À la retraite, la solitude qu'elle a choisie alimente ses rancunes. Je respire son haleine, sa poudre de riz, son parfum qui s'accroche à ma veste. Son décor lui ressemble, propice aux évocations et à mille souvenirs féroces du demi-siècle. Une armoire en merisier, des fauteuils ronds et bas, des napperons, des dentelles, des housses, des rideaux épais toujours tirés. Elle a amené son chat chez un vétérinaire qui lui a arraché les griffes, pour qu'il ne déchire pas le couvre-lit de satin. Au-dessus d'une commode à plateau de marbre, embarrassée de perroquets en biscuit, de coupelles, de vases et de fleurs jaunes, le portrait sous-verre du maréchal Pétain sourit dans un cadre sobre. J'ai apporté une bouteille de porto pour excuser mon intrusion et adoucir la harpie. Elle n'en veut pas. Elle ne boit que du tilleul et du thé. Après avoir essuyé ses considérations les plus amères sur le genre humain, j'en arrive à la raison de ma visite : l'immeuble et ses occupants de jadis.

— Ah ! dit la vieille, quand j'exerçais, je les ai tous vus défiler dans mon cabinet. C'est pratique d'avoir un médecin dans la maison. Si j'avais dit tout ce que je savais des uns aux autres, ils se seraient entretués. Madame Martinon, tenez, Madame Martinon, elle avait l'air d'une sainte, eh bien pas du tout...

— Elle occupait mon appartement ?

— Vous êtes au deuxième...

— À droite.

— Elle habitait sur le même palier, mais en face, et c'est Loustalou, le dentiste, qui l'a remplacée.

— Je l'ai connu.

— Un sale type. Passons. Chez vous ? Il y a eu un couple d'ingénieurs qui s'appelaient, oh ma pauvre tête ! Je sais plus. Ils sont pas restés longtemps, ceux-là ; ils ont dû vite s'installer en Alsace, à cause de leur travail.

— Et avant ?

— Avant qui ?

— Avant l'ingénieur qui vivait dans mon appartement.

— Avant... Moi je suis venue dans l'immeuble en trente et un, ça fait un bail, pas vrai ? J'ai tout vu. Avant. La concierge, c'était Madame Pironnet. Il n'y avait pas encore des bureaux plein l'immeuble, hein, rien que des locataires, et bruyants, avec ça. Je tapais sans arrêt pour faire taire les Rouzeaux, au-dessus, des pieds-noirs qui parlaient fort.

— Mais chez moi ?

— Des gens charmants, du moins en apparence.

— Dans les années cinquante ?

— Non, quand je suis arrivée.

— Ils sont restés après la guerre ?

— Ah que non ! Ils sont partis en 1942.
— Et ensuite ?
— Attendez ! Ils ont été dénoncés.
— Par qui ?
— Par Madame Pironnet.
— La concierge...
— Voilà. À vrai dire, ces gens-là n'étaient pas vraiment français, vous voyez ce que je veux dire ? Donc la police est venue les cueillir un matin très tôt.
— La Gestapo...
— La police française, qui faisait son devoir.
— Et ils ne sont pas revenus.
— Bon débarras !
— Et ensuite ?
— Ensuite quoi ?
— Dans l'appartement où je vis aujourd'hui, qui s'est installé ?
— Le neveu de Madame Pironnet, justement. Un brave jeune homme. Il menait bien ses affaires, il avait des sous, il me donnait même des gigots d'agneau et des bas de soie, c'est pour dire.
— Marché noir ? Collaboration ?
— N'employez pas ces mots-là, on voit bien que vous n'avez pas connu la guerre, vous. Trop jeune.
— Et ce neveu, qu'est-il devenu ?
— Il a été épuré à la Libération, comme ils disent.
— En prison ?
— Massacré, oui !
— Après ?
— Vous êtes curieux, hein ?
— C'est exact, je suis curieux.
— Après ? Attendez... Après, eh bien il y a eu les Clérico. Des gens sans histoires, très polis, bien mis. Un couple et leur fille.
— Ils étaient chez moi en 1953 ?

— Bien sûr.
— Vous vous souvenez de la jeune fille ?
— Martine ? Je m'en souviens très bien. J'avais soigné sa bronchite, un hiver.
— Comment était-elle ?
— Une jeune fille comme les autres, à la mode, avec une queue-de-cheval tenue par des élastiques. Je lui disais : « Ma petite, tu vas te casser les cheveux ! » Elle n'a pas eu le temps de s'abîmer les cheveux...
— Que lui est-il arrivé ?
— Elle a eu un accident de scooter sur les boulevards. On n'a pas pu la sauver. Trop grave. Coupée en deux par un camion.
— C'était quand ?
— Oh, ça m'a marquée, c'était le jour de mes quarante ans et je recevais une bonne amie à moi, que j'avais connue à Chambéry.
— La date, alors ?
— Le 25 mai 1953. Vous êtes pas bien ? Vous êtes pâlichon ?
— Merci, non, ça va, merci.
— À quoi ça vous sert, de savoir tout ça ? Vous avez envie de parler avec les morts ?

Je redescends pensif les deux étages qui nous séparent. Martine Clérico. Mort violente. C'est elle que j'ai surprise dans la chambre. Avait-elle un caniche blanc ? Possible. J'aurais dû m'en assurer auprès de la doctoresse ; trop tard, je ne vais pas remonter questionner cette tordue. En pénétrant dans notre appartement, dont les murs ont vu tant de choses plus ou moins avouables, j'allume d'un geste automatique les lampions du vestibule, et je me fige sur le seuil. Adieu, les lampions chinois. À leur place, j'ai éclairé un lustre.
C'est un lustre de grand-mère, avec des pende-

loques de verre taillées en forme de larmes, des bougies électriques sous des abat-jour à volants. À cette lumière faiblarde je reconnais les lieux, du moins leur ordonnance, puisque l'ameublement diffère, et la couleur des murs, et ce vilain tableau d'un compotier. Un vieux téléphone noir à long col est posé sur une tablette. Les portes vitrées, fermées, ont des rideaux de voile. Je commence à m'habituer à ces retours vers le passé et je m'enhardis ; cette fois je ne vais pas m'enfuir mais explorer. J'avance le long du couloir désormais sans moquette. Le parquet craque. S'il y a une supercherie je le saurai. J'entends un bruit d'eau qui coule, et la salle de bains est éclairée. J'avance encore avec bravoure : les fantômes ne se savonnent pas le dos. Par l'entrebâillement je vois la jeune fille aux socquettes blanches, vêtue comme l'autre jour, qui vérifie de ses doigts la tiédeur de l'eau. La baignoire a des pattes griffues, le lavabo est plus petit que le nôtre mais le radiateur chauffe déjà trop. La pièce est remplie de buée. La jeune fille des années cinquante dégrafe sa ceinture, dénoue sa queue-de-cheval et s'ébouriffe les cheveux. Elle se tourne de mon côté, ne pousse pas un cri, m'ignore, mais je me plaque contre le mur pour la laisser passer vers sa chambre. Elle y retire sa robe et ses socquettes, retourne vers la salle de bains fermer le robinet. Décontenancé, un peu gêné à la fin de surprendre mon apparition à demi nue, je rebrousse chemin vers la chambre, et, sur le couvre-lit à rayures, je prends en main ses vêtements, j'en tripote les étoffes et le nylon blanc. Quoi penser ? Rien. Je ne pense plus. Je bascule d'un coup sur le lit et me vide la tête.

« Tu as dormi toute la journée ? » me demande Marianne, et sa voix me réchauffe. À plat ventre, le nez dans l'oreiller, engourdi, je me redresse et réalise la situation : cette chambre, c'est la nôtre, pas de doute, avec mon désordre et nos objets ; le couvre-lit à rayures s'est évanoui, et les vêtements de la jeune fille, sa robe que je serrais avant de flancher. Je retombe sur l'oreiller et je trépigne de rage.

Le lendemain matin nous avons pris le train de 10 h 32 pour Trouville. Marianne s'est débrouillée, on lui accorde quatre jours, sans doute avec la complicité de Mansart. Elle m'a affirmé : « Je vais te guérir. » En arrivant nous avons mangé des huîtres et des pétoncles farcis, des tripes, en buvant du sancerre, un menu désordonné et important qui m'a lesté la tête avec l'estomac. Maintenant nous marchons sur le sable dur de la plage à marée basse. Nous croisons des mouettes qui se dandinent en bande. Tout est fermé. Nous traversons le pays des âmes errantes, celui du vent et d'une lumière changeante, moins dorée mais aussi belle qu'en Toscane, à la fois paisible et crue. Portés par le vent, serrés l'un contre l'autre, nous passons en revue des villas closes. Combien de pièces restent inhabitées dix mois par an ? Combien de lits froids ? Le soir, nous comptons trois fenêtres allumées, quel gâchis : je m'en indigne donc je reviens au présent, je vais mieux, je repose mes pieds sur terre.

Sans téléphone, sans télévision, sans voisins, seul avec Marianne, je reprends mes esprits. J'ai des souvenirs intimes et anciens de cette côte normande où, petit, j'allais en vacances au mois de juillet, désormais moins sauvage, sans broussailles ni blockhaus, plus domestique, racoleuse un peu. Jadis devant le casino (dont les propriétaires ont badigeonné la façade en rose), la statue de Flaubert a été chassée par un parking sur le bord du quai, près des chalutiers qui rapportent des merlans, mais elle a gardé son sourire sous la moustache fournie : dans son crâne de pierre, Gustave songe pour l'éternité à Elisa, l'amour de ses quinze ans.

Les crevettes que nous ramassions à la main ont été tuées par les goudrons ; les pêcheurs ne halent plus leurs filets lourds de poissons sur la plage ; les premières vagues roulent une mousse à reflets vert pâle, la chimie des usines rejetée à l'embouchure de la Touques. Le bouquiniste de la rue des Bains m'a aperçu, il est sorti : « J'ai enfin trouvé, à Caen, le livre que vous m'aviez réclamé il y a six mois. » Je l'ai lu sans m'interrompre et me suis arrêté sur une phrase, parce qu'elle m'a touché à vif : « Dans toute attitude devant la vie, le siècle a sa part ; on est porté au repliement quand la planète semble retourner à l'état de nébuleuse. » Nébuleuse, repliement et après, quand on a mariné dans un environnement inamical ou niais, quand on se referme, pourquoi pas, des hallucinations ? Apaisé, comme si j'avais trouvé une piste, je prends la résolution de consulter Mansart dès notre retour à Paris.

— Ces personnages qui sortent du passé, ces lieux qui y basculent, est-ce que tu les réduis à des illusions ?

— D'une certaine façon, dit Mansart, mais tu en as la forte sensation. En réalité, tu hallucines. À l'état de veille cela affecte d'abord l'ouïe et la vue, ce qui semble ton cas.

— Je vois vivre des formes, je les touche presque...

— Tu as dit *presque*.

— La robe de la jeune fille, je l'ai tenue en main.

— C'était peut-être une robe de Marianne, ou un chiffon.

— D'où viendraient ces apparitions ?

— Elles sont en général produites par la fièvre, une intoxication, une excitation nerveuse.

— Ça ne colle pas, Mansart.

— Tu as eu une forte grippe.

— Je n'ai eu aucune vision pendant ma grippe, mais après.

— Tu n'as pas fumé des trucs ?

— Écoute ! L'herbe colombienne, les champignons mexicains, ça date des Pink Floyd et d'Alice Cooper ! Non, quand cela m'arrive je suis à jeun, calme et très surpris. Je ne suis pas ivre, je n'ai jamais connu de transes, je bois plus de tisanes que de crozes-hermitage, non, vraiment, il y a une autre raison.

— À Trouville, tu n'as pas eu la moindre vision ?

— Pas la moindre.

— Tu aurais pu cependant y reconstruire ton passé, tu y as plein de souvenirs, les Roches Noires, la plage, la villa que louait ta famille, mais rien.

— Où veux-tu en arriver ?

— C'est Paris qui t'oppresse, la ville a trop changé, tu ne la reconnais plus, tu imagines les maisons rasées, les rues d'avant, les commerces. Tu regrettes le passé.

— Pas à ce point !

— Le présent te déplaît, si tu préfères.

— Je ne suis pas le seul. D'ailleurs, ce serait plutôt l'avenir qui me trouble.

— Imaginer, mettre en images, projeter, inventer, reconstruire à ton gré...

— Pas du tout, je subis.

— Tu te souviens des rêves éveillés de Cazotte ?

— Vaguement. J'ai lu ça dans Nerval, comme toi, à la fac, c'était une des lubies de ce prof barbant, dans l'amphithéâtre AI.

— Monsieur Morillon.

— Oui. Morillon, j'avais oublié son nom.

— Un soir, dans une réunion, Cazotte détaille à Condorcet, à Bailly, à Chamfort, la manière dont ils vont mourir six ans plus tard sous la Révolution. On le plaisante, mais tout se vérifie.

— Moi, je reviens en arrière.

— Même chose. Le monde invisible nous presse de toutes parts.

— Toi, le médecin, tu crois aux feux follets ? L'autre soir, tu m'as fait la démonstration de leur sottise.

— J'ai dit qu'il n'y avait plus de mystère dès qu'on dévoile la cause.

— Voilà pourquoi je suis venu à ton cabinet, Mansart. Tu parles, tu parles, mais tu n'as rien résolu de mon problème.

— Écoute, depuis Trouville, il ne s'est rien passé d'anormal... Je vais quand même te prescrire un calmant.

— Encore ! Tes premiers médicaments n'ont servi à rien !

— Parce que tu ne les as pas pris.

Cette visite à Mansart ne m'a pas éclairé puisque j'en sais autant que lui. Mon cerveau fonctionne à un honnête régime, il enregistre, il réagit, commande à mes jambes et à mes bras. J'ai des souvenirs mais mon passé se ramasse en un lot d'images fixes, forgées sans doute après l'événement par les récits de parents ou de témoins. Le passé que je revis par instants, dont je ne suis jamais l'acteur principal, s'avère trop précis pour être ma création. Si je ferme les yeux et plonge dans mes années d'enfance, je trie, je recompose des décors brouillés, je les ressuscite à moitié ; ce sont les voix qui s'estompent d'abord, puis le contour des visages, les gestes, les couleurs. Un magasin de mon quartier est-il remplacé par un autre, en une semaine j'ai déjà oublié le précédent. Le maître d'hôtel d'un restaurant des Halles, à ce poste depuis une trentaine d'années, m'a demandé un soir si je me souvenais de ce qu'il y avait au bord des nouveaux jardinets, à la place d'une brasserie flamboyante. Je n'ai pas su. « C'étaient les entrepôts géants de Manufrance, monsieur, qui occupaient ce pâté de maisons. » Alors seulement l'image m'est revenue en tête mais sans vraie précision, dans ses grandes masses.

J'ai la mémoire sélective de n'importe qui. Je retiens peu les dates mais des ribambelles de chiffres m'encombrent. Je sais par cœur le numéro complexe de mon compte en banque ou celui du code de notre immeuble. Je m'apprête du reste à composer celui-ci quand mon doigt machinal s'appuie sur de la pierre de taille. On a enlevé le code ? Il a des ratés, ces temps-ci, et les locataires doivent frapper au carreau de la gardienne pour qu'elle vienne ouvrir en pestant contre le court-circuit. Nul besoin ; la porte s'ouvre d'une pression. Mes récentes expériences involontaires m'ont rendu méfiant et j'inspecte le hall d'entrée sans rien trouver de différent, sauf le tapis de l'escalier, peut-être, mais est-il vraiment d'une autre couleur ? À force de côtoyer les choses on ne les voit plus, on les intègre, on les gomme. En alerte, n'aurais-je pas tendance à déceler de l'étrange là où il n'y en a pas ? L'ascenseur descend avec son bruit connu de machine à coudre et ses grands filins plats qui lui bouclent au cul.

Ma clef ne correspond plus à ma serrure. Il m'est déjà arrivé de me tromper d'étage, par distraction, et les paliers se ressemblent. Sur la porte en vis-à-vis je lis une plaque de cuivre, *Loustalou, dentiste*. Ça recommence. Je ne me suis pas trompé d'étage. J'ai brièvement croisé le vieux Loustalou quand je me suis installé dans cet immeuble à la fin des années soixante. Par mes fenêtres sur cour, je le voyais quelquefois nettoyer des instruments dans l'évier de sa cuisine, et cet à-peu-près m'avait dissuadé de lui confier mes caries.

— Vous cherchez quelqu'un ?

Une dame rondelette m'observe avec des soupçons. Elle a cette assurance des gens sur leur territoire, mais je ne l'ai jamais vue auparavant. Elle me dévisage, elle m'étudie comme si elle espérait donner un signalement précis à la police, comme si elle m'avait surpris en train de cambrioler. Elle répète sa question sur un ton mauvais :

— Qui vous cherchez ?

— Personne. J'essaie de rentrer chez moi.

— C'est pas dans cet immeuble.

— Oh si !

— C'est une maison bourgeoise, ici, on a rien à faire des vagabonds. Allez, ouste !

Si je pouvais me réveiller, si cette mégère regagnait son époque ou moi la mienne ! Elle menace, elle va ameuter le voisinage et crier qu'on l'égorge. Je lui obéis par prudence. Inutile de finasser. Comme les autres, cette apparition aura son terme. Je vais rouvrir les yeux dans mon fauteuil, Marianne sera là, inquiète, et je prendrai mon calmant.

— Je m'en vais, chère madame.

— Et que je vous r'trouve pas à rôder !

Je suis tenté de la secouer pour me persuader qu'elle existe. D'après Mansart, une hallucination n'est que la fabrication du cerveau, elle a une forme et une voix mais pas de sang, ni d'os, ni de peau. J'ébauche un geste vers la bonne femme qui se recule, je ne parviens pas à lui saisir le poignet, j'avance encore, elle s'imagine attaquée et se met à hurler. Une porte s'ouvre au quatrième :

— Qu'y a-t-il ? C'est vous, madame Salignat ?

— Prévenez la police, docteur !

Je lève les yeux et je distingue à l'étage au-dessus, derrière la grille de la cage d'ascenseur, le museau poudré de la doctoresse. J'en reste là et je dévale les escaliers, poursuivi par des appels à l'aide. Je n'ai pas encore eu d'hallucination aussi longue. Vite, j'ai besoin de la rue, des passants, de l'air, je souhaite rencontrer le crémier qui promène son roquet, ou n'importe quelle silhouette familière qui me rattache au présent. Dehors, dès le premier pas, je perds mes forces avec mon esprit. Les maisons, dont les façades ont été récemment blanchies, sont à nouveau sales. Il y a un embouteillage de camions, une traction-avant Citroën, des cabriolets anciens ; une voiture bâchée, que tire un cheval, transporte des pains de glace ; les messieurs portent des chapeaux ou des casquettes, ils me lorgnent de biais. Heureusement, dans le remue-ménage et le boucan des klaxons, personne n'entend la doctoresse et la concierge qui s'égosillent après moi, mais je dois m'éloigner, alors je marche vers la rue Montorgueil comme dans du coton. J'ai le front bouillant ; je reviendrai à la normale quand cette maudite fièvre va se calmer, du moins je m'en persuade.

Paris, 1953

Dans un wagonnet en fer-blanc, vingt têtes de veaux tirent la langue et me fixent de leurs yeux morts comme des billes d'agate. Des camionnettes, des voitures à marchepied cornent et roulent au pas entre des cageots montés en tours, les charrettes des marchandes, les éventaires sur la chaussée, des garçons bouchers en capuches qui charrient des carcasses. Cela sent la pomme, le sang, le thym sauvage, l'essence, le tabac et la poussière. Quelques étais forts comme des troncs, appuyés de traviole, tiennent une maison aux murs noirs qui se fendent. Vers Saint-Eustache dont le clocher sonne les heures, je devine les verrières géantes d'un pavillon de Baltard ; plus je m'en approche, plus on me presse ; porté par la cohue vers le cœur des Halles, je suis trop étourdi pour réfléchir. Le soir va tomber. J'ai l'impression à la fois pénible et délicieuse d'avancer dans les profondeurs d'une carte postale ancienne, en relief, sonore, où je reconnais mon quartier par bribes ; à l'escargot dédoré, par exemple, l'enseigne d'un restaurant connu, à une grille, à une porte. Soudain une question m'affole : comment vais-je revenir ? Je sais où je suis mais je ne sais pas quand. Ce serait malvenu d'arrêter cet agent en pèlerine pour lui demander : « S'il vous plaît, en quelle année sommes-nous ? » Des crieurs descendent de la rue Réaumur avec leurs paquets de journaux ; dernière édition. Je plonge la main dans ma poche mais n'en sors qu'un billet moderne. Me voici sans le sou, sans identité vraisemblable, dans un monde disparu où j'ai mes racines. J'ignore le prix des choses avant le nouveau franc, j'ai oublié les mœurs et les habitudes ; un enfant perçoit mal les événements, il joue aux Indiens, s'imagine dans une cabane sous la table de la salle à manger, se fabrique une réalité feutrée. Je n'en doute plus, je suis tombé dans les années cinquante, à l'époque où la doctoresse de mon immeuble recevait des patients, où la jeune fille en socquettes blanches rêvait dans notre chambre. Je le sais à la forme des autos, à l'agent de police croisé tout à l'heure, avec son bâton accroché à la ceinture et son képi rond. Mes hallucinations ne m'effraient plus, je les ai apprivoisées, j'ai même l'impression qu'elles m'enrichissent, mais ces gens, dans la rue, ces gueulards qui me bousculent, je peux les toucher comme ce mur ou cet étal. Un camion m'a heurté à l'angle de la rue Étienne-Marcel, il m'a cogné la jambe ; ce n'est pas une image de camion. Allez ! Je n'ai plus qu'à attendre que tout s'efface.

À la nuit, je perds patience. Je n'ai toujours pas regagné ma maison et mon époque ; prisonnier, perdu, ailleurs. Sale magie ! Je me tâte : non, je n'ai rien d'un fantôme, je sens mes os, je ne traverse pas les objets. Dans un rêve, le décor serait plus mou, comme un fluide, et il y aurait des incongruités, je volerais avec les pigeons, je traverserais un bal en caleçon parmi des princesses à trois seins. Non. J'erre sous les parapluies de verre et d'acier du pavillon des légumes.

Mon genou me tourmente, douloureux après ce

coup de pare-chocs rue Étienne-Marcel, et je boitille. Sans monnaie pour m'attabler dans un bistrot, où me reposer ? Là, sur cette caisse, à l'abri d'un mur de scaroles. Je pose ma sacoche à bandoulière et je l'ouvre. En quittant Mansart, je me suis acheté un Polaroïd à la Fnac, pour témoigner, pour fixer mes fantômes comme les spirites du siècle dernier ; ils produisaient des clichés où l'on distinguait à peine de vagues formes blanches ; moi, je vais l'emporter sur les sceptiques, je veux montrer des scènes crues, nettes, en couleurs, des visages irréfutables, des décors effacés. Je souris de ma situation absurde : ce matin, ici même, à peu près sous l'établi d'un rougeaud qui vend des navets, j'ai pris l'escalator, j'ai longé les couloirs souterrains du Forum, modernes et déjà démodés, de ce style futuriste, très aéroport, qu'on entrevoyait justement dans les années cinquante en divaguant sur l'Amérique, sous-sols froids, automatiques, conçus pour les taupes. Je m'apprête à déballer mon appareil neuf et à le charger, mais quelque chose me retient : que vont penser les hommes en blouses qui braillent autour de moi, et la belle poissarde en tablier qui pèse des poireaux ? Je n'ose pas. Je m'installe dans la malédiction. Cela commence à durer. J'ai peur. Quand je lève les yeux, je vois deux rats sur les poutrelles de fer : ils ont plus de chance que moi. Me reste-t-il au moins des cigarettes ? Oui, mais avec le paquet de Stuyvesant je tire de ma poche une facture des Télécom que je devais poster. Et Marianne ? Si je ne reviens pas ce soir, ou très vite, on va nous couper le téléphone. Marianne, où est-elle en ce moment ? Elle va m'attendre, tourner en rond dans l'appartement, bientôt se tordre les mains et se mordre les lèvres, appeler Mansart. Elle va s'alarmer, prévenir le commissariat, courir les urgences des hôpitaux, tendue, nerveuse. Dans mon désarroi, je m'inquiète davantage pour elle que pour moi. Nous ne nous sommes jamais séparés plus de quelques heures, et depuis tant d'années ; nos sourires, nos cajoleries, nos agacements ordinaires, nos bouderies, mille détails sans importance vraie tissent une tendresse nécessaire sans quoi nous respirons mal. Je frissonne en murmurant son nom comme un mantra, Marianne, Marianne, Marianne...

— Quoi ? dit une voix dans mon dos.

— Vous vous nommez Marianne ?

— C'est ça. On s'connaît ?

— Je n'en ai pas l'impression.

— Pareil pour moi. Qu'est-ce tu veux, l'arsouille ?

— Rien, merci.

— T'es pas d'ici, hein ?

— Oui et non.

— Monsieur nous la joue à l'évasif ?

— J'ai longtemps habité ce quartier...

— Et tu r'viens y fourrer le museau, ouais. Pas franc, tout ça, mon bonhomme. Hé ! Jambe-de-laine ! Viens voir ! J'ai dégoté un drôle de cow-boy.

On l'appelle Jambe-de-laine parce que sa patte folle le désarticule quand il marche, mais il a des épaules costaudes, des cheveux ras, une haie de sourcils qui lui barre le front. Il lui manque un béret militaire. Je me lève avec une grimace, en me tenant le genou. Il considère mes jeans et mes bottes western :

— Tu viens d'où ?

— De très loin.

— Ça s'rait pas de l'Indo ?

J'acquiesce par flatterie, pour qu'il se croie perspicace, mais je corrige aussitôt mon imprudence :

— Je veux oublier comme on m'a oublié.

— J'connais ça, moi aussi j'suis un miraculé d'la jungle. Tu habites où ?

— Nulle part.

— J'vais pas t'laisser dans la panade. On meurt pas d'faim, aux Halles, quand on a deux bras, même avec une balle dans la guibolle.

Je me tais, je ramasse ma sacoche, il m'a fait signe de le suivre. Qu'ai-je à perdre ? Il m'a parlé de l'Indochine mais cette expédition est-elle terminée ou non ? Il va me falloir apprendre à vivre dans mon passé, dont je n'ai conservé que des images confuses. Qu'importe. Au retour d'une guerre, le soldat n'est pas forcément loquace, il a des secrets et des cauchemars, des visions de piège à tigre, les sangsues dans les marais, la mort qui siffle à ses oreilles, et il en sort inadapté : je vais me contenter de tenir ce rôle comme je l'ai vu au cinéma à propos des vétérans du Vietnam ; après tout, le décor était le même ; pour le reste j'improviserai. Diable ! Je commence à m'habituer à ce voyage éprouvant dans les années cinquante. Quelle horreur !

« C'est là que j'bosse », me dit Jambe-de-laine au départ de la rue Montorgueil, en me montrant du doigt *La Traboule Saint-Eustache* ; sur la vitre, peint en lettres blanches qui bavent un peu et suivent la courbe d'un demi-soleil, *Chez la Mère Paul, spécialités lyonnaises*. Il travaille à la cuisine. Il épluche, il coupe et découpe, il prépare, range, nettoie, pour un salaire minime, mais logé, mais nourri. Il m'explique. Monsieur Paul, le patron, a des souvenirs d'Asie où il n'est jamais allé. Les liens entre le Rhône et le Mékong existent depuis les soyeux et leurs voyages de commerce, dont ils sont revenus riches et muets, avec des contrats, des techniques, des rêveries inavouées, des objets. De son ancien appartement du quartier des

Brotteaux, Monsieur Paul a ramené une pipe à opium qui a un goût de poisson séché, une lampe d'un vert profond, une déesse de la Miséricorde en jade clair, cassée puis recollée, sentimentale. À cause de cet engouement déraisonnable qui ne dépasse guère l'exotisme, Monsieur Paul a recueilli Jambe-de-laine qui rentrait blessé de Saigon. Celui-ci va raconter que nous nous sommes connus là-bas, qu'il me doit la vie, tout un roman pour amadouer.

Nous n'allons pas entrer par la salle, où les premiers clients du soir s'attablent en consultant l'ardoise qui sert de carte, mais par une porte obscure flanquée de côté, dans ce Passage de la Reine de Hongrie que je connais, très dégoûtant ; il doit son nom à une boutiquière d'avant la Révolution, Julie Bécheur, qui y tenait son échoppe ; elle avait porté une pétition des dames de la Halle à Marie-Antoinette, et la reine, en la voyant, s'était écriée : « On dirait Marie-Thérèse de Hongrie ! » ; le sobriquet lui était resté, qu'on avait par la suite attribué à ce couloir entre deux rues par lequel on accède aux cuisines du restaurant.

Dans la vapeur des casseroles, un instant éclairée par la haute flamme bleue du cognac qu'elle a jeté dans une sauteuse en cuivre, la mère Paul se multiplie devant ses fourneaux. Je la vois de dos, son cou massif, ses cheveux blancs qui rebiquent en souvenir d'une permanente. Rien qu'au grincement de la porte, sans se retourner, elle apostrophe Jambe-de-laine : « À ta place ! Dans une heure c'est l'coup d'feu ! » Il me pousse devant lui et rejoint la desserte où une jeune fille prépare des raviers de hors-d'œuvre. La mère Paul enfourne un gratin de queues d'écrevisses, elle m'aperçoit en se redressant et bougonne :

— C'est qui, ce grand sifflet ?

— Un ancien des rizières, dit Jambe-de-laine.

— Tu vas pas nous rameuter tout ton bataillon !

Monsieur Paul entre à ce moment dans la cuisine par la porte battante, un chauve à bajoues et moustache taillée, enveloppé dans un long tablier bleu nuit, la chemise roulée sous les coudes : « Une salade de pieds-de-mouton et une cochonnaille ! Deux cardons à la moelle pour suivre ! » La jeune fille emporte vers la salle une table roulante pleine de charcuteries. Jambe-de-laine reste à sa tâche, il sort d'une marinade des rectangles de gras-double et les passe dans une assiette d'œufs battus, puis les roule dans la chapelure. Les gestes rapides mais ordonnés, les bruits, la chaleur brûlante des fours et des feux, le fumet des viandes en sauce, des crustacés, des bouillons : ce monde est bien réel ; là-dedans, c'est moi le fantôme.

Je ne figure pas un fantôme standard, parce que j'ai un poids sur l'estomac : après le départ tardif des derniers clients, ces braves gens ont trop rempli mon assiette, et Monsieur Paul a exagéré sur les pots de beaujolais, mais il attendait le récit de ma guerre, des noms évocateurs, la Rivière des Parfums teintée de sang, les casinos de Cholon, l'ennemi embusqué derrière des arbres aux noms imprononçables, des aventures ; la mère est venue à ma rescousse en me voyant rechigner : « Il est fatigué, ce garçon, arrête un peu de l'asticoter, t'auras l'temps plus tard. » Eh oui, il aura le temps puisque grâce à Jambe-de-laine me voici embauché ; je porterai les caisses du marché, j'aiderai à la plonge, et ensuite, si j'ai des dispositions, si je veux rester chez eux, je servirai en salle ; il me faudra une tenue correcte, des cheveux plus courts, une panoplie de serveur. « C'est pour te dépanner, mon gars », a dit Monsieur Paul, puis, à la serveuse, une rouquine potelée qui achevait la mise en place des tables pour le lendemain :

— Louise, tu lui montres sa chambre.

— Le débarras ?

— C'est mieux que rien et provisoire. (*À moi :*) Une piaule au sixième, à côté de celle de Louise, on s'en sert de débarras mais il y a un lit. Après on verra, hein ? (*À la serveuse :*) Louise, tu lui donneras une couverture. (*À moi :*) En Extrême-Orient, t'as sûrement dormi dans des conditions plus rudes, pas vrai ?

J'ai donc suivi Louise par un escalier de service plutôt raide et dont les marches craquent. Nous avons trotté là-haut dans un couloir étroit, sous la lumière de pâles loupiotes pendues au bout de leur fil et que les courants d'air balancent. Les portes ont des numéros. À un embranchement, un gros robinet vert-de-gris crache son eau froide dans une sorte de bénitier, sur la grille où l'on pose les brocs. Je m'installe dans ce Paris populaire que je regrettais au fond de mon lit confortable. « Vous êtes là, me dit Louise, et moi à côté, au 28. » Elle me donne une clef et reste plantée, pour voir si ça me convient. J'entre dans une pièce mansardée, à moitié encombrée de cartons ficelés et poussiéreux. Par miracle, l'ampoule nue s'allume. L'humidité a gonflé de cloques la peinture des murs. « Je vous aide ? » me demande Louise, en désignant du menton le lit-cage replié. Je ne réponds pas. « Je vais vous donner une couverture... » Je l'entends ouvrir la porte voisine, et elle revient sans bruit, avec dans les bras une épaisse couverture écossaise. Je la remercie ; comme elle ne part pas, je la prends par l'épaule et la guide vers le couloir dont la minuterie vient de s'éteindre. Je referme la porte à clef, j'ai besoin d'être seul, et je pense : « Cette fille, je lui ai touché l'épaule, j'ai senti sa peau sous le pull noir, son omoplate, c'est la première personne des années cinquante avec laquelle j'ai un contact physique. Ma main n'est pas passée au travers de son corps. C'est une vraie rousse à la peau claire. » Je m'enfonce davantage dans une époque dont j'aimerais sortir vite. Comment ? J'ignore pourquoi j'y suis tombé, alors, pour en revenir, je n'imagine même pas la méthode. Je ne maîtrise plus rien. Je subis.

Immobile au bord du sommier métallique, je guette le moindre signe d'un retour au monde moderne. Je n'ai pas remonté le passé en une seule fois, il s'est annoncé par flashes, des visions de plus en plus distendues avant que j'y verse tout à fait. Rien ne se passe. Les cochonneries empaquetées sous le vasistas ne se changent pas en canapé, des poutres apparentes ne sortent pas cirées du plafond, mon gourbi ne se convertit pas en studio chic sous les toits. Je fouille ma sacoche, j'en sors le Polaroïd que je charge à tout hasard, puis j'accroche ma veste par le col à la poignée de porte ; je vide mes poches sur un carton, des objets incongrus, de la sorcellerie, cartes de crédit, kleenex, stylo feutre, une carte-couple de la SNCF que j'ouvre pour la photo de Marianne à côté de la mienne. Si la photo bougeait ? Si Marianne surgissait ? Quelle heure est-il en 1995 ? Je parle à la photo : « Je disparais, tu t'éloignes, brutale, sans toi je me rétrécis, cette nouvelle réalité me fige. Assez ! » Je frappe du poing les cartons et soulève une poussière qui me fait tousser. Je tremble de colère et de frayeur, une larme salée coule sur ma lèvre. Je ferme les yeux. Je vais sûrement les rouvrir sur des messieurs en blouses blanches qui se penchent à mon chevet, je les entendrai en sourdine, avec un écho : « Il sort du coma, madame, rassurez-vous... » J'ai fini par m'assoupir, en effet, mais c'est Louise qui me réveille en toquant à la porte. Je sursaute. Contre mes espérances, le décor reste identique à celui de la veille. Un autre jour se lève que je dois supporter. Faire semblant ; ravaler mes cris.

« Ah ! Voilà ! Il est devenu présentable ! » dit Monsieur Paul. J'ai dû me raser à l'eau froide, avec un blaireau et un coupe-chou ; Louise m'a prêté sa glace de poche mais je me suis entaillé le menton. Ensuite, elle m'a dégagé la nuque aux ciseaux. Et ils m'ont déniché un pantalon noir dans lequel je flotte. Ainsi déguisé pour leur plaire, persuadé que je suis ridicule, je descends m'asseoir dans la grande salle devant un bol de café. Le restaurant s'organise autour d'un comptoir d'étain avec, au bout, la caisse surélevée comme une chaire où va officier Mademoiselle Basset, plus sévère que sérieuse, le nez dans ses fiches. L'horloge à balancier sonne huit fois. À cette heure, *La Traboule Saint-Eustache* ressemble à un bistrot. Des bouchers du pavillon voisin avalent déjà des entrecôtes persillées très épaisses. Au comptoir, quelques mandataires sifflent des ballons de saint-amour en bavardant avec Monsieur Paul, et Louise, grimpée sur une banquette de moleskine rouge, écrit le plat du jour sur les ardoises murales ; je la regarde s'appliquer craie en main, sous une guirlande de jésus, de rosettes et de jambons de montagne. Après un paravent de bois verni, et les portemanteaux, passé deux marches, on entre dans une autre salle, aussi grande mais moins allongée, qui rejoint la rue Montmartre, en face de l'église : tout y est prêt, sur les nappes à carreaux, pour la clientèle de midi.

Un consommateur a oublié son journal et je meurs d'envie de me précipiter dessus pour connaître la date et les nouvelles. Je me contiens, je termine mon bol ; avant de regagner la cuisine où la mère Paul prépare ses menus, je fauche le quotidien, un numéro de *Paris-Presse l'Intransigeant* daté du samedi 16 mai 1953.

L'après-midi, après le service, on m'accorde trois heures pour me reposer avant de réintégrer la cuisine, cette fournaise, les assiettes grasses, les plats à gratin pénibles à récurer, les ordres de la mère Paul, une agitation qui me brise. Je m'affale sur mon lit de fer, couverture roulée sous la nuque ; enfin je déploie ce journal volé. Le mariage de Ragnhild de Norvège, à la une, je m'en moque, et la grève de la marine marchande ne me surprend pas. *La polémique anglo-américaine rebondit.* Quelle polémique ? Voyons de près. On s'insulte de part et d'autre de l'Atlantique et le sénateur McCarthy règne sur la commission des affaires anti-américaines. McCarthy. Sombre période de censure. Tant de dénonciations, d'exils, d'arrestations, de soupçons. *Béria brigue la succession de Staline.* Ouch ! Staline a dû mourir il y a peu. Sombre période de censure, là aussi, de dénonciations, de remous, de brigandages. J'arrive au moment où les positions se durcissent en deux blocs peu reluisants, à l'Est et à l'Ouest, deux intolérances meurtrières et pour moi devenues dérisoires, puisque je connais la suite. Je peux même lever les doutes de ce journaliste qui s'interroge : Edmund Hillary parviendra-t-il au sommet de l'Everest ? Oui, il réussira. Je continue à feuilleter. J'ignore les films qui passent à Paris, *Androclès et le lion*, *La Pocharde*, *Station terminus*, *Milady et les mousquetaires* avec Yvette Lebon en vedette. La guerre d'Indochine ? pas un mot. Même pas un entrefilet, une référence, rien. J'ai lu Bodard, Delpey, Pierre Cazes, mais il y a longtemps, or je veux des détails précis pour m'inventer une équipée vraisemblable, et que Jambe-de-laine ne vienne pas me contredire si je cite un général qui n'a pas été nommé ou une ville tombée depuis longtemps sous le contrôle du Viêt-minh. Je ne sais même plus qui est président de la République en mai 1953 : encore Vincent Auriol ? Déjà René Coty ? Découragé, je m'accorde une sieste.

J'ouvre un œil ; Louise joue avec mon Polaroïd. J'étais si fourbu, tout à l'heure, que j'ai oublié de donner un tour de clef, et elle est entrée, elle m'a regardé dormir, elle sourit pour me désarmer. Je ne la gronde pas de son intrusion : dans les chambres de bonne des années cinquante, sans doute vit-on dans la familiarité de ses proches voisins, allez savoir ; mes réflexes appartiennent à une époque plus fermée, où les facilités de la vie quotidienne dressent de fortes cloisons entre les gens ; à la fin de ce siècle nous nous sommes racornis, la solidarité se résume à un chèque expédié aux œuvres de charité et qu'on défalque des impôts. Je regarde Louise comme une pure sauvage de cet ancien temps où je suis pourtant né : en mai 1953, j'avais sept ans.

« Qu'est-ce que c'est ? » demande-t-elle en tournant et retournant mon Polaroïd replié. Je lui réponds qu'il s'agit d'un prototype d'appareil photo, et elle exige que je l'ouvre, pour voir, alors je lui obéis. Elle regarde dans le viseur, elle appuie sur le déclencheur, l'éclair m'aveugle, elle a un mouvement de surprise, la photo lui sort entre les doigts et je la récupère in extremis. Je frotte le tirage contre ma couverture et les couleurs montent ; une image floue de moi, ahuri contre le lit de fer, impuissant à intervenir. Louise est étourdie par tant de magie : pour développer et tirer une photographie, cela demande d'ordinaire beaucoup de matériel et de temps. Elle a les mêmes craintes qu'une native de l'Orénoque devant un grille-pain. Je la rassure, mais qu'elle ne parle pas aux autres de cet appareil miraculeux, que ce soit notre secret ; si elle garde le silence, je ferai des portraits d'elle, c'est promis. Elle m'embrasse furtivement sur les lèvres et s'enfuit avec le cliché. Louise a de jolies fesses rondes sous une jupe noire.

La vie des Halles rythme celle de *La Traboule Saint-Eustache*, qui tire ses grilles du dimanche soir au mardi matin. Je vais passer ma première soirée libre dans la chambre sale du sixième étage, parce que je n'ose pas me risquer plus avant dans les rues, malgré l'insistance de Jambe-de-laine. Et puis, là-haut, dans les couloirs, j'ai croisé Louise avec son ami Bébert, le commis boulanger qui livre au restaurant des baguettes chaudes deux fois par jour ; un blond tout en longueur, mince comme une ablette, un peu fade, gentil peut-être mais par timidité. Il est habillé en dimanche, comme on disait ; une chemise blanche à col raide, une cravate en ficelle qui scie le cou, des grosses mains rouges, l'allure godiche. Louise, fraîche dans une robe à fleurs, malhabile à cause de ses talons hauts, me regarde droit dans les yeux avec trop d'intensité : « Venez, venez, j'ai quelque chose pour vous. » Elle m'attrape le poignet et m'entraîne en plantant ce pauvre Bébert, contrarié par ma présence, au milieu du couloir sombre. Devant la porte 28, elle farfouille dans son sac pour y trouver sa clef, ouvre, et comme je reste sur le seuil elle insiste : « Venez, venez... » Sa chambre a une vraie fenêtre, des rideaux de cretonne comme le couvre-lit, un plafond et des murs couverts à l'uniforme d'un papier peint rayé rose et blanc : on se croirait dans une boîte de bonbons. D'un porte-revues en fer forgé et rafia, Louise sort un numéro récent de *Paris Match* et le compulse avec des gestes fébriles : « J'ai pensé à vous, me dit-elle, regardez... » Sur une double page, en noir et blanc, elle me montre Ho Chi Minh accroupi, lunettes au bout du nez, en train de lire. J'ai à peine le temps d'apercevoir le titre qu'elle me presse : « C'est pour vous, moi j'dois aller au bal, c'était prévu comme ça, vous m'en voulez pas ? » Je souris : « Va vite rejoindre ton fiancé. » Elle fait la moue : « Bébert, c'est pas mon fiancé, ah non ! Juste un ami pour sortir. Mais restez ici, si vous voulez, vous serez mieux pour lire qu'à côté. Si vous partez avant que j'rentre, mettez la clef dans le couloir, sur le rebord de la fenêtre. » Elle me donne une bise à la volée et court rejoindre le commis boulanger. Ses talons claquent sur les tomettes du couloir. Elle me laisse avec son ours en peluche brun dont on voit la trame derrière les oreilles. Non, je n'ouvrirai pas son armoire, ni ses tiroirs, cela ne me regarde pas. Je n'ai jamais été curieux jusqu'à l'indiscrétion. Le climat de cette chambre de jeune fille, je m'en contente. Je m'assois sur l'unique chaise, devant la table de bois blanc, et j'allume la lampe pour étudier le magazine.

J'ai regagné tôt ma mansarde, et, sur le lit de fer dont les ressorts saillants me blessent les reins, je remâche les péripéties des derniers jours, inconcevables, qui sonnent faux. J'ai tellement de mal à m'intégrer au paysage de mon enfance que la question rituelle : « À quelle époque auriez-vous aimé vivre ? », me paraît monstrueuse et mille fois sotte. Ah ! Comme j'aurais aimé le temps des mousquetaires... Ah ! Je me vois bavarder avec Socrate, à Athènes, le long du portique aux peintures... Fadaises ! Celui ou celle qui croit venir d'un autre temps n'a presque jamais été esclave ou scolopendre, mais marquise, chevalier ou grand prêtre d'Osiris. Le passé, proche ou lointain, n'est qu'une succession d'images fantasques et fardées, un tissu de légendes, des reconstitutions qui omettent l'essentiel : une certaine permanence de la dureté, la force accablante du présent, la laideur, la futilité, toutes sortes de misères.

Ce *Paris Match* que j'aurais normalement feuilleté avec nostalgie ne me servira qu'à éviter les gaffes ; je sais maintenant que Vincent Auriol préside encore la République et que le général de Gaulle, vexé par des élections qui le désavouent, se retire à Colombey pour y poursuivre ses mémoires dans un style imité du marquis de Sade : ses partisans, élus sur son nom, se débrouilleront avec les grèves de l'automobile, des docks, du gaz, de l'électricité, du métro, des autobus, de l'hôtellerie, et avec cette guerre d'Indochine qui s'enlise. Avant de bouder, le grand homme a prévenu : que les États-Unis ne s'en mêlent pas, que le conflit domestique ne devienne pas international, cela donnerait des idées à nos possessions déjà agitées d'Afrique du Nord, en rose sur les cartes de géographie des écoliers ; mais les Français s'intéressent davantage au futur couronnement de la reine d'Angleterre, à l'exploit d'Alain Bombard sur l'océan, à l'épouse du Shah d'Iran, Soraya, en visite à Rome avec ses chandails moulants ; au matador Ordoñez qui s'est laissé encorner à Séville depuis qu'on ne lime plus les cornes des toros de combat ; à Etchika Choureau, une blonde éblouie aux yeux comme la mer, qu'on destine aux lumières crues et menteuses d'Hollywood, et qui plongera de la notoriété dans le néant.

Je réfléchis à cette société défunte où un mauvais charme m'a jeté, à la fois incertaine et sûre d'elle, qui se relève d'une guerre mondiale et n'imagine pas les cassures qui l'attendent. Comme j'ai vécu les quarante prochaines années, je sais avec pertinence que les prévisions des gens de 1953 ne se réaliseront pas. Ils m'attendrissent ; ils ont des peurs inutiles et des joies sans lendemain.

Louise rentre après minuit. J'ai entendu ses talons et des voix, car ce grand flandrin de Bébert est monté avec elle. Je tends l'oreille comme un père de famille, mais avec une attention plus ambiguë, et la cloison qui nous sépare n'est pas épaisse. Elle rit. Il glousse. Elle fait : « Chut ! » et ses chaussures tombent sur le sol avec deux bruits mats. Son lit grince. Je croyais plus retenues les jeunes femmes des années cinquante, mais l'apparente fragilité de Louise n'a pas d'époque. Les morales proclamées se réduisent à des paravents plus ou moins hauts, à des jupes plus ou moins longues ; délicats ou rustauds, les amours épidermiques se ressemblent pourtant depuis Pharaon. Tout de même ! Bébert, je n'aurais jamais cru. Louise m'a trompé. « C'est pas mon fiancé, juste un ami qui m'accompagne pour danser. » Qu'elle fasse ce qui lui chante, mais pourquoi ce bobard ? Pour me ménager ? Ma parole ! Me voilà jaloux ? Et Marianne qui se débat seule au bout du XXe siècle... La police a dû me porter disparu. Qui retrouverait mon corps ? Par quelle sorcellerie pourrais-je retourner dans l'avenir ? Louise me ramène à Marianne, j'en tremble, je subis ma peine sans me résigner, j'essaie de m'adapter mais par un réflexe de survie. À côté, chambre 28, Louise est en train de gémir ; larmes et gémissements indiquent des sentiments contradictoires, la douleur chez moi, le plaisir chez elle.

Je ne peux mener à ma guise mon congé du lundi. Monsieur Paul m'a invité à déjeuner dans l'appartement qu'il occupe au-dessus du restaurant, quatre pièces encombrées de bibelots, avec des faïences exposées aux murs, quelques chromos encadrés qui représentent les bords de Saône, des doubles rideaux, des tapis qui se chevauchent, des meubles lourds au bois foncé qui sent l'encaustique. Pour changer, la mère Paul est aux fourneaux ; elle nous laisse discuter devant les vitrines du salon, un verre de juliénas en main. Monsieur Paul en boit une gorgée, gonfle ses joues, sa langue clapote, il avale d'un air bienheureux. Je regarde ce brave homme, en bras de chemise et le gilet déboutonné, qui m'a recueilli pour de mauvaises raisons : une idée, un rêve, un image abstraite des colonies. Je n'ai rien à lui dire mais je le sens curieux. Dans sa vitrine il y a un petit bouddha en ivoire.

— Bien tournée, cette figurine, hein ?

— Oui, monsieur Paul.

— Vous avez dû en voir des centaines, là-bas.

— Oui, monsieur Paul.

— Celle-ci, mon grand-père l'a achetée à Saigon. Il n'avait pas de restaurant, lui, il fabriquait des tissus. Ça ressemble à quoi, Saigon ?

— Vous connaissez Aix-en-Provence ? Ajoutez-y des palmiers, de la chaleur, des gros lézards, des ventilateurs, des costumes blancs et des pousse-pousse.

Déconcerté par la description, sourcils levés, il me demande :

— Elle est si terrible, cette guerre ?

— Toutes les guerres se valent.

— Vous avez raison. Tenez, il y a dix ans, ici, on n'en menait pas large avec les fridolins. C'est qu'ils venaient réquisitionner le meilleur, aux Halles ! Les gigots, ils étaient pour ces messieurs de l'hôtel Meurice, et nous on servait des ragoûts avec les bas morceaux. Remarquez, on s'débrouillait, hein ? Vous étiez à Paris ?

— Non, déjà en Indochine...

— Ça n'a pas dû être drôle non plus. Moi, mine

de rien, j'aidais la Résistance. Je gardais des documents. Un jour, qu'est-ce que je vois débarquer à *La Traboule* ? la Gestapo, avec leurs imperméables noirs et leurs mâchoires de singe. Ils ont fouillé notre appartement pendant deux heures, et vous savez où je les avais cachés, les documents ? Dans la lessiveuse ! On les avait enveloppés dans de la toile cirée, et on les avait fourrés sous le linge, et la lessiveuse sur le feu ! Pas mal, hein ?

— Astucieux...

— Le lendemain, je me suis plaint aux officiers qui dînaient en bas, dans la grande salle. Après, je n'ai plus jamais eu d'embêtements.

Et il me sert un autre verre de juliénas.

Le vin aidant, je me décontracte. Si Jambe-de-laine était avec nous, j'aurais moins de courage : lui, il a vraiment connu Saigon et les embuscades. Rassuré par l'ignorance de Monsieur Paul, je me lance. S'il vérifie, par la suite, je pourrais accuser sa mémoire. Je brode un récit plausible selon de vagues lectures. Pour m'imposer, je m'accorde des galons et me voici lieutenant, ce qui l'impressionne.

— Vous étiez à l'État-Major ? me dit-il.

— Non, sur le terrain.

Pourquoi ai-je répliqué si vite ? Sur le terrain ! Lequel ? Avec Marianne nous sommes allés au nord de la Thaïlande, à Chiangmai, pour y voir des éléphants et des orchidées, et nous avons abouti dans un village de paillotes qu'on montrait aux touristes, où végétaient des montagnards Hmong, réfugiés du haut-Laos, chassés par l'avancée communiste. Ils vendaient cher des broderies très fines et proposaient de l'opium en douce. Je m'étais intéressé à leur histoire, qui me remonte maintenant pour nourrir mes exploits imaginaires :

— J'ai vécu près du Fleuve Rouge parmi les indigènes Hmong, le crâne rasé, une seule mèche longue pendant sur l'épaule. Il s'agissait de monter des nouveaux maquis anticommunistes au nord du Laos...

— Très bien, dit Monsieur Paul.

— Nous avions besoin d'argent, pour financer nos partisans sur les arrières du Viêt-minh.

— Eh oui, dit Monsieur Paul.

— Nous en trouvions grâce à l'opium que cultivaient les Hmong.

— De la drogue ! s'écrie la mère Paul en posant sur la table une cocotte de navets au jus.

— Il faut ce qu'il faut, commente Monsieur Paul qui débouche une nouvelle bouteille.

— Donc, j'ai voyagé dans des Nord-Atlas de l'armée pour convoyer des tonnes d'opium, de la plaine des Jarres vers Saigon.

— Ah oui, dit Monsieur Paul, la plaine des Jarres...

— Tout de même ! dit la mère Paul assez choquée.

— À la guerre comme à la guerre, dit son mari, et à moi : continuez, ne vous arrêtez pas aux indignations de ma femme.

— L'opium était un enjeu militaire...

— Bien sûr !

— On a même vu arriver des Vietnamiens qui proposaient aux Hmong d'acheter leurs récoltes. Par les réseaux chinois, le Viêt-minh revendait l'opium à Hanoï, à Hong-Kong, à Saigon même, pour acheter des armes ou des complicités.

Avec un sourire, Monsieur Paul va chercher sur son étagère la fameuse pipe rapportée d'Extrême-Orient par son grand-père.

— Oh, mais elle est ancienne !

En m'exclamant pareille sottise, je le flatte, je n'ai aucune chance de me tromper et je passe pour un connaisseur d'antiquités.

— Pépé Henri ne s'en est jamais servi, précise la mère Paul.

— Qui sait ? dit son mari.

Et j'insiste avec malice :

— L'opium était vendu par une Régie française, n'importe qui pouvait alors s'en procurer et ça rapportait gros à la République ; autant que les hévéas et le sel... Après la débâcle, et Diên Biên Phu, j'ai connu des Français qui ont continué à leur profit ce commerce, dans des petits zincs, en rase-mottes le long du Mékong...

— Après quelle débâcle ?

Entraîné par mon improvisation je me suis coupé ; Diên Biên Phu, ils en connaîtront le prix l'année prochaine. Je me tais, parce qu'on ne parle pas la bouche pleine.

Les nouvelles courent. Le mardi matin, à la cuisine, Jambe-de-laine m'appelle lieutenant, même s'il continue à me tutoyer :

— Tiens, lieutenant, tu réunis les écrevisses par douzaines et tu arraches une pince de chaque buisson, que tu mets dans ce bac.

— Et après ?

— C'est pour faire la bisque des quenelles nantua. Ici, on perd rien.

— Les clients ne râlent pas ?

— Pourquoi y râl'raient ? Ça peut arriver, qu'une écrevisse elle perde sa pince.

Je dois raconter ma visite à l'appartement, et nous profitons de l'absence de la mère Paul, qui fait la tournée des pavillons pour choisir ses produits parmi les arrivages. Jambe-de-laine ricane lorsque j'évoque la Résistance de notre patron : « Marché noir à plein tube, ouais ! Le fils Champot, il m'a renseigné. C'est l'poissonnier. Avec son père, le fort en gueule du pavillon d'la marée, Paul a traficoté pendant toute la guerre, et s'il a résisté, c'est pas à la tentation ! Ou quand les alliés ils sont rentrés dans Paris avec leurs tanks. D'ailleurs, il continue à filouter, il a ça dans l'sang. Tu sais comment on sert deux œufs su'l'plat avec un seul ? J'te montre... »

Monsieur Paul m'a menti, Louise m'a menti, je mens, nous sommes au diapason, mais ma vérité, si je la leur disais, comment la recevraient-ils ? Jambe-de-laine a sorti d'un tiroir un diamant de vitrier, il prend un œuf dans sa main gauche et y trace un cercle avec sa pierre tranchante, puis il trempe dans de l'huile un couteau aiguisé, en introduit la lame fine dans la fente esquissée, et, d'un geste rapide, partage l'œuf en deux par son milieu. Dans l'assiette, en effet, il laisse tomber deux jaunes. « Faut avoir l'coup d'main pour pas que l'jaune coupé il coule », me dit-il assez fier. Fasciné par sa démonstration, je n'ai pas entendu Louise ; elle pose un cageot sur la desserte. La mère Paul revient du marché avec elle et nous cessons de papoter. Je reprends ma tâche avec sérieux : huit, dix, douze écrevisses, j'arrache une pince... Louise s'est assise au bout de la table de service et elle épluche, les yeux baissés. Toute la matinée elle évitera mon regard, comme si je l'avais prise en faute, et je ferai mine de ne pas me soucier d'elle. L'après-midi, je trouve un mot sous ma porte : « Vous m'en voulez ? » La sotte ! Je vais chez elle. Elle n'y est pas.

Le soir, nous jouons au même jeu ; l'affolement ordinaire de la cuisine nous y aide. Si les pieds de porc grillés gênent le romantisme, ils facilitent notre feinte indifférence ; mais en attrapant une louche j'ai effleuré des doigts le bras nu de Louise, elle a frémi sans me regarder, avant de disparaître du côté des dîneurs avec une terrine de harengs.

Plusieurs jours monotones se suivent. Samedi, après avoir cadenassé les grilles de la devanture, je monte au sixième en bavardant avec Jambe-de-laine ; lui aussi habite sous les toits mais à l'autre extrémité du couloir. Il me donne l'adresse d'une fumerie d'opium parisienne, au bas de la rue Lepic, que fréquentent les anciens du corps expéditionnaire, et il me détaille comment, dans sa garnison du Tonkin, si menacée, les soldats cultivaient un massif de pavots. J'écoute à demi, épuisé par le travail du jour, et lorsque je le quitte pour tituber vers ma chambre, je me heurte au premier détour à Louise qui a rempli son broc au robinet de l'étage. Nous ne pouvons cette fois nous éviter, dans la pénombre, sans témoins. Elle chuchote parce qu'il est tard : « Je m'suis brouillée avec Bébert à cause de vous. » Louise a des yeux verts comme un oiseau de nuit. Je ne risque pas un mouvement, pas un mot. Elle s'enfuit en renversant un peu d'eau sur le carrelage. La minuterie s'éteint. Je reste debout dans le noir.

Louise se lève tôt le dimanche pour filer à la première messe de l'église Saint-Eustache. Je l'y précède ; dans le costume anthracite que Monsieur Paul a tenu à m'offrir, je me sens aussi gauche qu'un ethnologue en pagne. Et puis je ne fréquente plus les églises à l'heure des cérémonies, mais pour les visiter à l'occasion, surtout les romanes, humaines et dépouillées, où la voix des anges n'a aucun besoin du tintamarre des orgues, où l'odeur du foin, dans les prés alentour, parle de la terre et enracine les croyances mieux que les fumées des cierges et de l'encens ; ou bien j'admire ces démons taillés dans la pierre des chapiteaux, qui poursuivent et troussent en riant des pécheresses aux chevelures lourdes, damnées mais joyeuses, dont le corps ressemble à celui de Louise. La voilà, un fichu sur la tête qu'elle a noué sous le menton, une robe noire, des ballerines. Elle se signe et s'installe sur un prie-Dieu proche de l'autel, paupières mi-closes, concentrée sur quelle prière ? Il y a du monde, les matinaux, les convaincus. Le curé entre en scène, flanqué de deux enfants de chœur en surplis gaufrés, cheveux en brosse, oreilles décollées ; ils secouent leur clochette pour débuter le rituel magique, avec ses gestes comptés, mille fois répétés au millimètre, ses incantations latines que Louise répète à l'unisson des paroissiens, le nez dans un missel. Mes yeux ne se détachent pas de son profil et de ses hanches, descendent aux chevilles, longent ses reins qu'elle creuse, bien droite, fervente. Comment imagine-t-elle cet avenir que je connais ? Comment voit-elle notre absurde fin de siècle ? Croit-elle que son chapelet aux grains de bois assagira les hommes ? La pauvre ! Si je lui racontais l'émiettement futur des sociétés, leur rudesse accrue, elle m'accuserait de pessimisme. Je m'esquive avant le sermon et je l'attends sur le parvis, dans le boucan du marché, à côté des tréteaux anarchiques de maraîchers normands en blouse.

— Vous étiez à la messe ?
— Non, Louise ; je ne suis pas superstitieux.
— À qui confiez-vous vos secrets ?
— Je n'ai pas de secrets.
— Oh si !
— Comment le sais-tu ?
— Vous êtes un silencieux, et les silencieux, ils ont des secrets. Vous les partagez avec personne ?
— Personne.

— Menteur ! Vous avez jamais vécu avec une femme ?

— J'ai vécu longtemps avec un fantôme.

— Elle vous poursuit ?

— En songe.

— Elle vous a quitté ?

— Je me suis évanoui sans le choisir.

— C'est quand vous étiez militaire là-bas ?

— Si tu veux.

— Alors vous êtes libre ?

— Diable ! mais de quoi ? Et toi, Louise ?

— Je vous ai dit que Bébert et moi on s'est chamaillés. Vous me faites du mal.

— J'en suis navré.

— Vous causez comme un monsieur.

— J'ai été à l'école.

— Et moi, je suis pas bien ?

— Quel âge as-tu ?

— Je vais avoir vingt-deux au mois de juillet. Et vous ?

— Plus du double.

— Je vous crois pas.

— Tu as tort.

— Mon père, il a des cheveux blancs et un ventre.

C'est court, la vie, soupirait l'une de mes vieilles amies qui n'avait pas senti passer les ans et regardait les veines bleues de ses mains. Dans la glace du lavabo réservé aux clients de Monsieur Paul, je m'étudie de près. J'ai moi-même été étonné en avouant mon âge. Je ne m'habitue pas à la cinquantaine ; si j'ai évolué, si j'ai appris, je ne me suis jamais posé ni installé dans un rôle. Mes plaisirs et mes dégoûts demeurent. Je n'ai pas perdu mes cheveux ni mes dents, je ne suis pas devenu gras, les rides ne me ravagent pas, le lumbago m'épargne, mon cœur fonctionne sans ratés. Jambe-de-laine a quinze ans de moins et Monsieur Paul a mon âge ; ils ont déjà l'air vieux. L'époque le veut peut-être. Au milieu de la vie, les bourgeois d'alors se figent et les ouvriers s'épuisent ; quelque chose de plus rugueux dans leur existence les épaissit de bonne heure ; les hivers étaient plus froids, les destinées plus brèves. Nous autres, aux abords de l'an deux mille, contre toute attente, une infernale insécurité nous préserve. J'ai quitté un monde éclaté pour un monde conventionnel où la ronde des âges se respecte. Ces gens ont survécu à la peur, aux rutabagas, aux armées allemandes et aux bombardements américains. Ils sont marqués. Les uns mangent trop, les autres pas assez, le travail les déforme tous.

À trente ans, Louise sera une dame. Pour l'instant elle noue à sa taille un tablier blanc de serveuse. Comme je la regarde en souriant, elle rougit. Vers quatre heures, quand nous fermerons *La Traboule Saint-Eustache*, je ferai des photos d'elle avec mon Polaroïd, elle m'a rappelé cette promesse et je ne me déroberai pas ; ça la trouble, puisqu'elle laisse glisser de son plateau un bocal de cornichons qui se brise au pied des fourneaux. « Mais où c'est qu'elle a sa tête, celle-là ! » crie la mère Paul.

Louise a lâché ses cheveux rouges, elle bat des cils et prend des poses imitées des revues de mode. Nous avons ouvert la fenêtre en grand pour que le soleil l'éclaire. Dans sa penderie pauvre en vêtements, elle m'a demandé de choisir avec elle une tenue ; j'ai suggéré la jupe claire, ce chemisier ajusté et les jambes nues. Elle m'a tourné le dos pour se changer, par réflexe ; je me carre sur la chaise et l'observe. Quand elle a ôté sa combinaison rose, elle a baissé les bretelles, fines comme des lacets, qui sont restées incrustées sur sa peau transparente de rouquine. J'ai déclenché mon Polaroïd, elle s'est retournée vers moi, l'œil sévère mais pas trop, en ramassant contre elle ses vêtements : « Oh non, c'est pas bien ! » J'ai failli lui répliquer qu'elle s'effarouchait moins des brusques avances de Bébert, mais j'ai gardé le silence ; je n'aime pas la vulgarité. Elle s'est approchée : « Montrez-moi... » Je lui ai tendu la photo. « On voit que mon épaule et mon derrière, vous êtes pas convenable ! » Le ton doux démentait le reproche, puis elle a voulu que je cloue mon regard dans le sien et elle s'est changée à tâtons, amusée, en empêchant mes yeux de dériver. La voici à califourchon sur sa chaise de bois blanc, les coudes sur le dossier, le menton dans ses mains, la pointe des pieds sur le sol froid et genoux découverts. Quatre photos, cinq, six, ensuite mon Polaroïd sera inutile. Après chaque posture, Louise réclame le cliché qu'elle juge : « Zut, j'ai fermé les yeux, et on voit un peu mes cuisses : je pourrais pas l'envoyer à mes parents ! » Ils vivent à Béthune ; le père est charpentier, la mère se partage entre ses enfants et la soupe. Lorsque je préviens Louise qu'il ne me reste plus qu'une seule photo, et que je ne trouverai pas à Paris de quoi charger mon appareil, elle l'attrape, me vise au jugé. Comme elle n'a pas tenu compte du reflet dans la vitre, l'image est lavée, on devine à peine ma silhouette. Louise est consternée : « La première de vous, l'autre jour, elle était floue, et là on voit rien... » Les miroirs ne renvoient pas le visage des vampires, alors, comment tirer le portrait d'un voyageur qui vient d'une époque à venir ?

J'ai gaspillé mes photos et j'utilise mal mon temps. Je peux tout apprendre à Louise mais je n'ai rien à lui dire. J'ai eu le malheur et la chance de remonter d'un coup les années, ce vieux rêve des hommes, et j'en profite mal. Après une période d'angoisse, je me perds désormais en minuscules marivaudages qui me ressemblent peu.

Si Marianne me voyait, bras dessus bras dessous avec deux jeunes femmes d'autrefois, Louise et son amie la fleuriste, une natte blonde qui lui bat dans le dos... Nous sommes passés sous les voûtes considérables des pavillons, dans les Halles désertes du lundi, et j'ai marché le nez en l'air pour apprécier l'enchevêtrement des poutrelles, des colonnes, des arceaux, de la fonte grise et du verre. Sous cette cathédrale, j'exulte et je frissonne. Babylone de métal d'une légèreté hindoue, comme chantait Zola, et qui sera brisée dans vingt ans par l'alliance naturelle de la sottise et de l'argent ; je m'y promène, cela me réjouit et j'éclate de rire pour la première fois depuis mon retour en 1953.

— Pourquoi vous riez ? demande la fleuriste.

— Parce qu'il fait beau.

— Il est marrant, ton ami, dit-elle à Louise.

— En tout cas, il a besoin de rire.

Nous descendons sur les quais aux gros pavés mal joints. Il y a des broussailles au pied des arbres, des barques sur la Seine, des pêcheurs en bretelles qui laissent pendre leurs lignes en espérant le goujon. Je suis ému par ce spectacle simple et révolu quand la fleuriste pousse un petit cri ; elle a cassé un de ses talons. « Soyez gentil, me dit Louise, courez chez le marchand de couleurs et ramenez un tube de seccotine. » Seccotine, marchand de couleurs, des termes qu'on n'emploie plus, mais qui me reviennent, et je débusque sans problème l'un de ces bazars cachés par des paniers suspendus, des casseroles et des pots de peinture. Quand je rejoins les filles, assises au bord du quai, les pieds dans l'eau, elles s'éclaboussent les mollets en riant fort et un pêcheur se fâche. Soudain, j'ai un éblouissement en regardant au-delà du fleuve ; je distingue le cube noir de la tour Montparnasse, et, du côté d'Ivry, les tours du quartier Italie qui menacent la ville.

Je m'éveille dans des draps de toile qui grattent la peau, et des personnages m'entourent de leurs formes brouillées. Je marmonne : « Marianne... », mais une voix basse me répond : « Je suis le docteur Martinon, Monsieur. Ça va, vous êtes tiré d'affaire. » Les formes se précisent. Le médecin a le crâne chauve et un air fermé de professionnel ; derrière, j'aperçois Louise qui se tord les mains, et Jambe-de-laine fronce les sourcils. Je veux me redresser mais Louise intervient et me repousse sur l'oreiller. Elle a pleuré, cela se voit : « Ne bougez pas, reposez-vous, tout est arrangé avec Monsieur Paul... » Que s'est-il passé ? Ah oui, les quais, cette vision de la tour Montparnasse et des buildings affreux après le pont de Tolbiac. Je jette un coup d'œil à cette chambre, celle de Louise.

— J'ai amené un lit de camp, dit Jambe-de-laine. La p'tite va faire l'infirmière, veinard, quand elle s'ra pas en salle.

— Mais...

— Tais-toi. C'est comme ça.

— Du repos et encore du repos, dit le docteur en gribouillant son ordonnance sur la table de Louise.

Et elle :

— Oui, reposez-vous. Ici, vous serez mieux que dans la mansarde à côté. Dites rien, ça me gêne pas. Vous nous avez fait peur.

Et à moi donc ? Ces tours sinistres et raides flanquées dans le paysage : est-ce que j'entame un retour vers ma fin de siècle ? Je vais subir d'autres visions de ce genre, de plus en plus longues, pour effectuer le trajet en sens inverse. Combien de temps, ce voyage ? Dix jours ont-ils duré une heure ? Puis une autre question me taraude : ai-je bien envie de retrouver mon époque bousculée et inquiète ? Les gens d'ici sont charmants.

Heureuse et ridicule syncope : la convalescence que m'impose le médecin va me permettre d'étudier le pays de mes sept ans, où je reviens en intrus. Nous pensons toujours, avec raison, qu'on nous prépare un monde insupportable, mais nous en ignorons la forme. Savoir, c'est affreux, on mesure le temps perdu en bavardages. Autour de moi, les gens redoutent l'Europe à cause de l'Allemagne ; les images de la guerre restent vives. Ils parlent de la crise, du gouvernement que leur président n'arrive pas à former dans la poussière des partis. Ils imaginent la guerre froide terminée, croient que Béria va remplacer Staline, songent aux prochaines vacances à la mer, dans une pension de famille où ils oublieront un moment la hausse des prix, le modernisme américain, ces bidonvilles qui cernent les métropoles.

Je me promène maintenant dans mon ancien Paris avec crainte et respect, comme dans un cimetière. Rétrécies à une vue d'ensemble, ou à ces insignifiances qui marquent les enfants, un marchand de jouets, le cri du vitrier, un cataplasme à la moutarde, les années cinquante m'étaient devenues idéales, et je suis bien le seul à regarder tendrement ces immeubles aux murs noirs, ces poubelles de fer que renversent des chats, cette foule en chapeaux qui n'ose pas les couleurs et où chacun ressemble au voisin. Ce qui me frappe, c'est l'absence d'étrangers, pas de boubous, pas de Japonais en grappes, rien que des visages blancs ou gris, sans barbe ; pas d'insolents aux cheveux montés sur le crâne en crêtes fluo ; peu d'affiches, ou discrètes ; une vie uniforme guindée par des idées simples.

Je m'embrouille avec la monnaie. Un touriste ordinaire s'habitue vite à convertir des livres sterling ou des pesetas en francs, mais à quoi me référer ? Un numéro de *Paris Match* vaut cinquante francs qui ne correspondent pas à cinquante de nos centimes. Sur la plateforme ouverte de l'autobus 43, mes billets à la main, je passe pour un nigaud. Qu'importe. Je les regrettais, ces bus à toit crème, avec leurs capots en nez de bouledogue. Le contrôleur, sa boîte accrochée au ceinturon, oblitère d'un tour de manivelle des tickets qu'on découpe d'un carnet en accordéon. Le reste est anarchique ; les passagers profitent des feux rouges pour monter ou descendre en dehors des arrêts prévus ; un habitué, important, remplace le contrôleur occupé au bout de la voiture, et il tire la chaîne pour commander le départ au chauffeur, isolé dans sa cabine.

Paris défile comme une succession de villages. À la frontière des quartiers, le public se renouvelle. Passé la place des Ternes nous entrons en province ; je descends avec les affairés ; des vieilles dames en noir remplissent l'autobus. Au bas de l'avenue de la Grande-Armée, je retrouve une affiche peinte, géante, qui m'amusait enfant : elle représente un gandin aux cheveux beurrés de gomina, ses mains gantées sur le volant d'une décapotable chic, et, en dessous, un slogan, *Seul Versigny apprend à bien conduire à l'élite du monde élégant*. La Porte Maillot ressemble à un terrain vague, des palissades, des taillis, la pancarte du ratodrome, ensuite ce sont les maisons basses de Neuilly, le long d'une route grossièrement pavée qui rejoint la campagne à Puteaux. J'espère un mirage, que se dressent des immeubles de verre dont les vitres reflètent d'autres immeubles de verre ; et le Manhattan de la Défense, la Grande Arche glacée. Rien. Je demeure naufragé en 1953.

Par nostalgie de l'avenir, je me réfère parfois au carnet de poche où j'ai retracé, au fur et à mesure, les étapes de mon équipée involontaire dans le temps. J'y relis les propos de la doctoresse : « La petite Clérico a eu un accident de scooter sur les boulevards... écrabouillée par un camion... le 25 mai 1953... » Or nous sommes ce soir le 24 du même mois et de la même année. La jeune fille à queue-de-cheval doit mourir demain. Si j'avais été renvoyé en arrière pour la sauver ? Elle ne se doute de rien, elle dort en paix dans ce qui sera ma chambre, elle ébauche des projets. J'ai rôdé deux ou trois fois dans les parages de ma rue ; je l'ai aperçue qui rangeait le scooter fatal sur le trottoir. Si je contrariais son destin, cela me donnerait une raison de vivre au passé. J'enchaîne alors mes réflexions : elle ne meurt pas, grâce à mon intervention ; ses parents n'ont plus aucune raison de quitter l'appartement ; quand ils partent à la retraite, ils cèdent les lieux à leur fille ; ni Marianne ni moi ne pourrons plus nous y installer ; non, c'est absurde puisque nous y vivons ; mais si je modifie le cours des choses, ma propre vie ne va-t-elle pas se détricoter ? À quoi suis-je promis ? Au diable mes supputations !

J'attends le milieu de la nuit pour me faufiler dans le couloir du sixième. J'ai repoussé ma porte avec des précautions de voleur, pour ne pas alerter Louise, et je n'enfile mes chaussures que dans l'escalier. *La Traboule* a baissé ses grilles. Plus je m'éloigne des Halles, saisies par l'agitation de la mise en place, mieux les rues sont désertes.

Je lève les yeux sur mon immeuble. Tout est éteint.

Il y a des géraniums à mon étage. Marianne aussi, elle doit dormir à ce même endroit, mais dans quarante ans. La reverrai-je ? Ouste ! Pas de déprime. Des actes. Je suis venu pour ça. Le scooter de Martine Clérico est garé comme l'autre fois sur le trottoir. Vais-je carrément le voler ? Je n'ai pas d'outil pour briser la chaîne et le cadenas qui attachent l'engin au soupirail. Il suffit, en fait, que je le rende inutilisable. Hélas, je n'y connais rien aux moteurs. Je me baisse en faisant mine de renouer mon lacet et je tripote, et je dévisse, et j'arrache des fils ; quand la gamine voudra démarrer, au pire elle tombera sur le pavé, mais il vaut mieux s'écorcher un coude que de mourir sous les roues d'un trois tonnes. Le temps qu'un garagiste vienne réparer, espérons que la date fatidique sera franchie.

Le surlendemain, un corbillard stationne devant l'immeuble. Des commerçants et des voisins discutent avec la concierge :

— La petite, c'est affreux...

— Paraît que la direction de sa vespa était faussée.

— Non non, c'est une roue qui s'est détachée.

— Elle arrivait sur les boulevards, elle a basculé, et un camion lui est passé dessus.

— Les policiers ont dit que le scooter était saboté.

— Si je tenais le salopard qui a fait ça !

Non seulement je n'ai pas infléchi le destin, mais j'en ai été le bras. S'ensuivent des insomnies, pendant plusieurs nuits. Quel fiasco ! Si je restais tranquille ?

Le 2 juin, comme une attraction, Monsieur Paul a acheté un poste de télévision pour suivre le couronnement de la reine d'Angleterre. La grosse boîte à écran bombé, placée dans la salle principale de *La Traboule*, attire un monde d'habitués, de curieux et de voisins auxquels Louise sert à boire, éblouis par ces images verdâtres, piquées, qui tremblotent. On fête un événement, mais lequel ? la reine de vingt-sept ans ? cette machine qui va nous saturer en quelques décennies ?

— On voyait pas grand-chose, me dit Louise comme nous remontons au sixième.

— Tu iras voir le film en couleurs.

— C'est pas sûr.

— Si.

J'affirme ce que je sais. Dans ces années-là, je l'avais vu sur les Champs-Élysées, au *Normandie*. Louise, je l'inquiète avec mes prédictions, ou bien je l'agace, elle préférerait que je sois plus attentif, plus affectueux, mais non, j'attends mon retour à la fin du XXe siècle avec nervosité. L'angoisse vient d'ordinaire de l'avenir qu'on pressent, toujours de travers, mais lorsqu'on a déjà vécu cet avenir, quel ennui ! Ma situation me préoccupe ; je résiste au découragement par des ruses : de passage, j'amasse des pièces à conviction, des objets neufs et datés que je ramènerai à Marianne. Je me le répète devant son photomaton, qui figure sur notre carte-couple de la SNCF. Louise se pelotonne, elle fait grincer son sommier, et moi, assis au bord de mon lit de camp provisoire, je fourre le premier numéro historique de *L'Express* dans ma sacoche. Tiens, qu'est-ce que c'est ? Un paquet ? Chamboulé par mon aventure, j'avais oublié l'existence de ces bouquins dénichés le même jour que mon Polaroïd, en sortant de chez Mansart ; intrigué par ces illuminations qui me renvoyaient en arrière, j'avais décidé de me documenter sur les années cinquante ; il fallait dater mes visions sans erreur.

— Vous vous sentez pas bien ?

— Je vais très bien, Marianne.

— Pourquoi vous m'appelez comme ça ?
— Excuse-moi, Louise.
— Vous êtes blanc comme un lavabo...

Elle vient s'asseoir à côté de moi et je referme aussitôt ma sacoche. « Ah là là, vous et vos secrets », dit-elle en mettant sa joue contre mon épaule.

Je ne quitte plus des yeux ma sacoche. J'ai peur qu'on y découvre une histoire de la IVe République et *L'Après-guerre au jour le jour*. Cela me pousse à retrouver la mansarde où je serai tranquille pour lire sans témoin. J'ai insisté auprès de Louise, qui a dû se résoudre : « Vous êtes bizarre, vous aimez personne. » Comment l'aider à partager mes émotions ? Elle me traiterait de fou si je lui disais : « Tu vois, cette marchande des quatre-saisons, avec sa carriole verte, qui vend du thym et du laurier ? Eh bien je l'ai connue quand elle avait quatre-vingts ans, on la surnommait Mammie, c'était la dernière du quartier. » Ou encore : « Ce garçonnet joufflu, il deviendra crémier, je le reconnais et il portera la moustache comme son père, celui qui palpe les camemberts... »

Je m'isole. Derrière la paroi, dans sa chambre, Louise sanglote pour m'attendrir mais je refuse de m'attacher, si loin de Marianne, et de réduire un maléfice en pauvre escapade. Je me bouche les oreilles, et, sous la lampe, je potasse les deux volumes qui décrivent le cours prochain des choses, avec des faits, des dates, des perspectives que je serai seul ici à connaître d'avance. Dans deux jours, le cycliste Coppi va emporter le Giro ; cela peut-il m'aider ? Le 5 juin, le Groenland sera inclus dans le Danemark, et Séoul repoussera les projets d'armistice voulus par les Américains entre les deux Corées. Les ouvriers de Berlin-Est vont se soulever le 17. Ma situation stupide, autant que j'en profite, mais comment jouer de mon avantage ? Je ne vais quand même pas ouvrir un cabinet de voyance. Cette idée m'amuse ; pour une fois je m'endors apaisé. Demain je poserai un cadenas à ma porte : je redescends travailler à *La Traboule* mais en salle, avec un gilet noir et un long tablier ficelé aux reins.

Depuis une semaine, je cours entre les tables avec des assiettes fumantes. Monsieur Paul note les commandes, offre des digestifs, participe aux discussions de ses bons clients en approuvant leurs opinions pour ne pas les froisser. Il écoute ainsi les propos définitifs d'un homme grassouillet, frisé, au costume bleu à rayures fines, accompagné par une femme brune, plume de corbeau fichée sur un petit béret, grands yeux, grands cils, lèvres écarlates. Comme je lui apporte sa poularde, l'homme défait les derniers boutons de son gilet. En posant une entrecôte beaujolaise devant sa compagne, je surprends leur conversation. Ils parlent des Rosenberg, ce couple d'Américains condamnés à mort pour avoir livré des secrets nucléaires aux Soviétiques. En Europe, en France surtout, on protestait, on signait des pétitions, on manifestait. Cette cause échauffe l'homme au complet rayé :

— Ils seront graciés, mon cher Paul, je vous en fiche mon billet ! Eisenhower ne peut pas rester insensible aux appels de clémence. Nous sommes ses alliés, non ? Le président Auriol a signé pour les Rosenberg, et le pape, et Einstein...

— Cette affaire n'est pas nette, acquiesce Monsieur Paul.

— La chasse aux sorcières, voilà tout ! reprend le gros homme, couverts en mains pour attaquer sa poularde aux morilles.

— Les preuves ne sont pas bien solides, souligne sa compagne entre deux bouchées.

Je les écoute par bribes, en desservant la table voisine qui vient d'être libérée ; mes doutes doivent se lire sur mon visage puisque Monsieur Paul, devant ses clients, me demande :

— Ce n'est pas votre avis ?

— Le 19, ils seront exécutés à Sing-Sing.

— Votre nouveau serveur est un expert ! plaisante le gros homme, et à moi : Eh bien, mon ami, je vous parie qu'ils seront graciés !

— Vous verrez bien, monsieur.

— Nous verrons le 19, puisque c'est votre date.

Là-dessus je m'en vais à une autre table où l'on réclame du pain. L'homme a haussé les épaules puis il a dit à Monsieur Paul :

— Il est têtu, votre serveur.

— Oui, mais il ne voit pas si mal les choses. Tenez, lundi dernier, il a prévu que les Coréens refuseraient l'armistice...

— Une chance sur deux !

— Et il est persuadé que les ouvriers de Berlin-Est vont se soulever.

— Il a peut-être donné le jour ?

— Le 17.

— Attendons, mon cher Paul, attendons l'oracle...

Et il enfourne un morceau de poularde qui lui gonfle les joues, tandis que sa compagne aux longs cils me regarde avec insistance en croquant une frite. C'est cela. Attendons.

— Votre assurance a impressionné Galuchat-Maurin, me dit Monsieur Paul.

— Qui est-ce ?

— Vous ne connaissez pas ? Ah oui, les rizières !

À Paris c'est un type influent, il signe une rubrique au *Figaro*, on l'écoute, il se trompe rarement.

— Sauf aujourd'hui.

— Si vous avez raison, il va être épaté !

— Et la dame brune ?

— Sa femme. Grosse galette. Elle a hérité.

— J'ai donc eu raison de parier avec eux.

— Vous êtes un drôle d'oiseau !

— Elle vous plaît, hein, la femme à Galuchat ? me jette Louise en roulant la table des charcuteries vers la cuisine.

Il faut que j'évite les effets à la Cagliostro, les approximations de l'horoscope ordinaire, les prophéties à long terme de ce Cazotte qui avait raconté sa propre mort. En feuilletant au calme mes précieux livres, je note dans mon carnet ce qui peut me servir. Je parcours à nouveau la tragédie des Rosenberg, dont on apprendra bien plus tard qu'ils étaient coupables, même si Julius ne livrait que des secrets minables ; elle est émouvante, sa dernière déclaration, elle a de la tenue ; il demande à sa femme Ethel de rester digne, sans excès d'héroïsme mais sans colère. Passons. Je ne peux tout de même pas réciter ce texte non encore écrit à Galuchat-Maurin. Ce serait dangereux d'aller trop loin dans mes visions ; pour rester plausible je dois m'appliquer à les déguiser en raisonnements. Surprenons ce Galuchat, soit, mais sans le troubler davantage. Je me porte plutôt vers la politique intérieure si incertaine. La crise ministérielle va se résoudre le 26 de ce mois, après trente-six jours de tentatives échouées ; Paul Raynaud, Mendès France, Bidault, personne ne réussira à former un gouvernement, et je possède le nom du vainqueur, Laniel, un indépendant. Je recopie la composition du cabinet qu'il proposera dans quelques jours, voilà qui peut surprendre, car on y reverra des proches du général de Gaulle, libres après la retraite de leur chef. Je rencontrerai sûrement Galuchat avant cette échéance, lorsque mes précédentes visions seront confirmées par les événements. Patience. Les Rosenberg vont mourir et l'émeute éclatera à Berlin-Est.

Tout à l'heure, j'ai ouvert le vasistas, malgré le bruit qui monte des Halles et résonne dans la nuit. Soudain, le silence, comme si la vie s'était éteinte. Je deviens sourd ? Non. En me redressant j'entends les ressorts de mon sommier. Dehors, le calme étrange persiste. Je grimpe sur l'entassement des cartons et des malles pour atteindre le vasistas : en bas, les pavillons de Baltard n'existent plus ; je vois les cubes du forum moderne, le jardinet, les arceaux, la rue éteinte et vide. Je suis revenu aux années quatre-vingt-dix. Ah non, pas tout de suite ! Pas avant que j'aie ébranlé les convictions du gros Galuchat.

Ce n'était qu'une bouffée ; une fausse alerte. Le 17 juin 1953, Monsieur Paul apprend que Berlin-Est se soulève : « Ils l'ont dit à la TSF, vous aviez raison... » Il a envie d'ajouter : « Comment vous l'aviez deviné ? », mais il n'ose pas et je surprends la crainte dans sa voix. Jambe-de-laine, Louise, la mère Paul, Mademoiselle Basset la caissière ont un air bizarre, ce matin, et j'affecte un comportement détaché, même si je jubile. Je finis comme chaque jour mon bol de café. Pour dissiper le malaise, je ne lâche que trois mots : « C'était inévitable. » Ensuite, j'aide Louise à plier les serviettes en cornets.

Peu avant midi, Galuchat-Maurin déboule dans le restaurant. « Paul, dit-il au patron, prêtez-moi votre serveur quelques instants. » Et il s'assoit en soufflant sur l'une des banquettes. Je m'installe en face du journaliste qui me regarde en plissant les yeux :

— Que vous ayez deviné des désordres en Allemagne, je veux bien, mais ce qui m'étonne, c'est que vous ayez donné la date exacte.

— Simple déduction, monsieur.

— Tout de même, tout de même...

— J'ai le sens de l'inévitable.

— Et maintenant ?

— Maintenant, monsieur, j'ai à m'assurer que les pots de moutarde et les salières sont remplis.

— Ne vous fichez pas de moi ! Comment imaginez-vous cette grève générale, à Berlin ?

— Les autorités vont sûrement décréter l'état d'urgence.

— On s'en doute...

— Le couvre-feu n'empêchera rien, les manifestants vont incendier les bureaux du Parti et les chars soviétiques vont intervenir.

— La police devrait suffire.

— Non.

— Je vois mal des communistes tirer sur les grévistes.

— Vous le verrez mieux cet après-midi.

— Des chars contre des manifestants !

— Demain, l'Allemagne de l'Est sera livrée aux troubles, mais les Soviétiques écraseront la révolte.

— Quand ?

— Le 19.

— Attendez, je note vos élucubrations.

— Elles vont se vérifier, monsieur.

— Vous disiez ? (*Il écrit sur son calepin.*) Le 19, émeute écrasée, des morts...

— Une vingtaine.

— Seulement ?

— Vous vous prenez à mon jeu, monsieur Galuchat.

— On prétend que j'ai du flair, mais si ce que vous m'affirmez se réalise...

— Le 26 juin, les Russes vont interdire la circulation entre les deux Berlin. Début juillet, les mineurs polonais vont entrer en grève... Vous allez écrire tout ça dans votre journal ?

— Non.

— Vous n'avez pas confiance ?

— Comprenez-moi...

— À quoi bon m'interroger ?

— Cela nourrit ma méditation sur l'actualité. Si vos prédictions se révèlent exactes...

— Oui ?

— On verra...

Il empoche son calepin, ramasse son chapeau, se lève et quitte la salle.

Trois jours plus tard, les chars soviétiques achèvent de mater la révolte du peuple allemand, les époux Rosenberg ont grillé sur la chaise électrique et Galuchat-Maurin entre à *La Traboule* pour y dîner avec sa femme. Monsieur Paul s'empresse à leur table. Occupé par mon service, que je veux efficace et stylé, je fais mine de ne pas les remarquer mais ils parlent forcément de moi ; d'ailleurs, Madame Galuchat ne me lâche pas du regard, je le vérifie dans les glaces. Avec une modestie calculée, je les salue en apportant les hors-d'œuvre :

— Le pied-de-mouton vinaigrette ? Pour monsieur, je suppose.

— Vous supposez bien.

— Vous aviez raison, dit-elle.

— Je le savais, madame.

Je pose devant elle une assiette de fonds d'artichaut au foie gras. Elle a une voix basse, un peu rauque, assez coquine et caressante ; un corsage ajusté, au col relevé comme veut la mode. D'un geste professionnel, je consulte la fiche que Monsieur Paul a glissée sous un coin de la nappe à carreaux :

— Ensuite ? Deux cardons à la moelle...

— Et une petite conversation, ajoute Galuchat.

— À quel propos, monsieur ?

— Tout le monde patauge et personne ne sait comment va se résoudre la crise ministérielle. Vous avez des idées là-dessus ?

— Certainement. Joseph Laniel a de fortes chances.

— Vous n'y pensez pas !

— Excusez-moi...

Je m'esquive vers d'autres tables pour desservir des clients, et je disparais à la cuisine en criant : « Une poularde, un cardon ! » J'en profite pour consulter mon carnet. Je reviens avec les plats demandés et, conforté par un signe de Monsieur Paul, je m'attarde auprès des Galuchat, ce qui me vaut un coup d'œil noir de Louise.

— Avec qui va-t-il gouverner, Laniel, selon vous ?

— Il demandera à des partisans du général de Gaulle de le rejoindre.

— Ils refuseront ! Les combinaisons, les marchandages, de Gaulle déteste ça !

— Je verrais bien Monsieur Corniglion-Molinier ministre d'État, et Monsieur Lemaire, Monsieur Ferri...

— Si je n'avais pas éprouvé vos dons, je dirais que vous déraillez, mais continuons... Lemaire, vous le nommez à quel poste ?

— À la Reconstruction et au Logement.
— Au moins, vous êtes précis.
— Et quand cela doit-il se manigancer ? dit-elle.
— Avant la fin du mois, madame.

Ce sera le 26, mais je n'entends pas exagérer et je conserve un flou vraisemblable.

— Si vous tombez juste, dit Galuchat, je vous engage.
— Au *Figaro* ?
— Plutôt comme conseiller personnel. Paul n'y verra aucun inconvénient. Qu'en penses-tu, Odette ?
— Que ce serait bien intéressant.

Elle s'appelle Odette et elle me sourit.

En attendant de triompher le 26 juin, et que Galuchat m'engage comme son conseiller occulte, je m'enferme dans la mansarde à mes heures de repos, en dépit des réclamations de Louise. Déja, je m'éloigne en esprit de *La Traboule* et de ses habitants, adieu Monsieur Paul, au revoir Louise que j'ai refusé d'accompagner chez les parents de son amie fleuriste, lundi, au bord de la Marne. Je songe à mon départ. J'essaie de me rendre distant, voire désagréable, pour qu'elle ait moins de chagrin. Est-on responsable de ses ancêtres ? Je n'existe plus qu'en spectateur du passé, mais je dois me familiariser avec les semaines à venir, prévoir nos revers en Indochine, la grève générale de cet été ou la mort de Francis Picabia. Désormais classé par rubriques, mon carnet de poche sera plus rapide à consulter en douce, car je dois avoir des avis malins, sinon une réponse, à chaque question d'actualité. Je m'imprègne de l'Histoire qui va s'écrire, je m'invente une fausse méthode que je mentionnerai avec conviction, pour écarter l'aspect sulfureux de mes vaticinations : ainsi dirais-je à Galuchat que le nom du futur président du Conseil s'imposait, par effet de surprise et par élimination des autres candidats, compétents mais partisans, moins naïfs mais moins libres de rallier des politiciens de tous bords. Que ce raisonnement soit vrai ou faux n'importe pas, puisque le résultat atteste de son excellence. Justifier a posteriori un choix heureux, c'est un exercice de style simple à construire. Galuchat ne pourra rien y opposer, car les faits resteront de mon côté.

Comme j'aidais à la cuisine, je me suis aperçu que la mère Paul jetait dans son bouillon de pot-au-feu une noix de muscade entière. Comme moi. Est-il possible que cette pratique me vienne d'elle ? Pour la chronologie, oui. En bonne logique, non ; je suis certain de n'avoir jamais mis les pieds dans ce restaurant en 1953, j'étais trop jeune ; mais pourtant j'y suis. Mon saut dans le temps, parfois, me tarabuste. Je n'ai pas intérêt à y réfléchir si je veux garder ma tête.

Louise tambourine à ma porte. Quelle heure est-il ? Je renverse ma lampe en la cherchant de la main dans l'obscurité, et je râle, j'enfile mon pantalon, je pousse le loquet :

— Tu es folle, il est trois heures du matin.

— J'ai peur.

— Le diable n'existe pas.

— J'ai pas peur du diable, j'ai peur tout court.

Elle entre et se love au pied de mon lit défait, en serrant contre elle sa longue robe de chambre. Je ne vois pas ses yeux ni son front, cachés par sa chevelure ébouriffée. Elle renifle. Elle soupire. Elle m'ennuie et me peine. Elle chuchote :

— Vous allez partir ?

— Sans doute.

— Chez Galuchat ?
— Peut-être.
— C'est des riches.
— Monsieur Paul me l'a dit.
— Vous m'emmenez ? Ici j'en peux plus. Emmenez-moi. Je sais, vous voulez pas d'moi, mais ça serait chouette que vous m'faisiez partir d'ici...
— Que vous me *fassiez* partir.
Je la prends dans mes bras et je la berce. Louise a peur de l'avenir parce qu'elle ne le connaît pas. Elle ignore sa chance.

En costume bleu, casquette assortie, avec des gestes amidonnés et un visage indifférent, le chauffeur est entré à *La Traboule* à l'instant où Monsieur Paul raccompagnait sur le trottoir les derniers clients du déjeuner qui s'étaient attardés devant des cognacs. Louise était déjà partie, et la caissière, mais j'essuyais sans fin des verres propres pour me donner une raison d'attendre un signe de Galuchat : comme je l'avais dit, Laniel venait d'être chargé de former un gouvernement, et Lemaire devenait ministre de la Reconstruction. Le chauffeur ôte sa casquette et marmonne quelques mots à l'oreille de Monsieur Paul, qui se tourne vers moi, s'approche du comptoir :
— Galuchat-Maurin a envie de vous rencontrer.
— Il sait où je suis.
— Maintenant. Marcel, son chauffeur, va vous conduire. Allez ! Pas de zèle, posez ces verres, enfilez votre veston...
Assis sur du cuir, à l'arrière de la traction-avant gris perle, je feuillette mon carnet en souriant ; Galuchat va insister pour obtenir de nouveaux détails et j'apprends par cœur ceux dont je dispose. Le journa-

liste habite près du Trocadéro, au dernier étage d'un immeuble modern style ; une bonne à nez pointu et tablier de dentelle me conduit à travers des salons jusqu'à la terrasse où Odette Galuchat-Maurin m'attend, sous un store orange qui lui donne bonne mine. Elle me prévient que son mari arrive et m'indique l'un des gros fauteuils en rotin. Pour une fois elle n'a pas de chapeau, ses mèches noires ondulent mais dégagent la nuque ; presque pas de bijoux, deux diamants aux oreilles ; la peau bronzée d'une Parisienne qui s'embête entre Cannes et l'avenue Paul-Doumer.

Elle croise les jambes mais pour les découvrir plus haut, et me dit d'une voix négligente, très étudiée, que j'ai dû vivre aux colonies des moments intenses. Je n'ai pas l'intention de me laisser entraîner par des souvenirs que je n'ai pas, ni même d'improviser la façon dont on tranche une gorge en silence, la nuit près d'un fortin, avec le sang chaud qui vous coule sur les doigts, surtout comme ça, un verre de Cinzano à la main. Odette est curieuse des bas-fonds, des salles de jeu, des Chinoises aguicheuses de Cholon dont je n'ai qu'une notion littéraire. Dans son désœuvrement, Madame Galuchat-Maurin veut de la cruauté, de la fange, du raffinement, cette camelote qui résume l'exotisme. Me reviennent des conversations avec Jambe-de-laine. Un jour où nous roulions dans la farine des cuisses de grenouilles pour la mère Paul, il m'a raconté des recettes tonkinoises capables d'émoustiller une bourgeoise indolente comme Odette. Je dérive donc de la guerre aux mœurs du delta :

— Là-bas, des paysans capturent les grenouilles quand elles viennent de naître, puis ils trouvent une noix de coco, y plongent la bête, referment avec un grillage fin.

— Horrible ! La grenouille se noie ?

— Pas du tout ; prisonnière, la grenouille a de quoi manger et boire. Elle grossit. Elle ne peut plus sortir par l'orifice étroit. Quand elle a évidé la noix, on brise la coque et on la grille sur un feu de bois.
— Pauvre petite bête !
— L'autre soir, vous avez mangé du foie gras.
— Délicieux.
— Parce que vous n'avez jamais gavé une oie.
— Ah non !
— Nous sommes des carnivores, madame.
— Odette, pas *madame*.
— Nous aimons la viande, Odette.
— La chair, oui, la chair, je sais.
— Et le poisson qui se farcit tout seul ?
— Dites-moi...
— Vous plongez le poisson vivant dans une bassine d'eau. Il nage.
— Comme dans un aquarium...
— Vous émiettez la farce sur l'eau et vous allumez le feu sous le récipient. L'eau chauffe. Le poisson mange la farce et cuit en même temps.
— Vous me donnez des frissons !
C'est exprès. Et j'examine la minuscule chaînette en or qui lui cercle une cheville lorsque le gros Galuchat nous rejoint, en desserrant sa cravate club. Il ne s'excuse pas de son retard et attaque :
— Vous croyez que ce gouvernement va tenir ?
— Un an, guère plus.
— Hé ! Tout de même...
— Avec des difficultés.
— Lesquelles ?
— Laniel profitera de l'été pour imposer des décrets déplaisants. Il faut bien réduire le déficit. Cela entraînera des grèves importantes...
— Vous me préciserez plus tard. Je vous engage.

— Que dira Monsieur Paul ?
— J'ai besoin de vos lumières.
— Je ne suis pas un animal de foire.
— Vous n'êtes pas non plus un serveur de restaurant.

Quand j'ai repris ma sacoche pour emménager chez les Galuchat, Louise avait les yeux mouillés, Jambe-de-laine m'a tapé dans le dos et j'ai promis aux patrons de revenir à *La Traboule* en client. Je découvrirai au fur et à mesure une façon de les remercier, mais je les sens fiers de mes oracles : ne suis-je pas leur invention ? Je remâche mon équipée dans une chambre ensoleillée, sur un lit très doux. En sortant de la salle de bains j'ai emprunté l'une des robes de chambre en soie de mon hôte, où je flotte. Mon placard est encore vide ; Odette veut m'emmener dans les magasins pour compléter ma panoplie. J'ai fermé à clef mes livres de prédictions dans un secrétaire en bois blond. Je rêve à mon pouvoir insolite et à la meilleure méthode pour l'exercer. Sans identité, sans soucis, je séjourne dans le passé comme en vacances, libre, détaché, résigné, savant malgré moi. Si j'étais tombé au temps d'Henri IV, aurais-je pu arrêter le bras de Ravaillac ? On prétend que le roi avait été averti de l'attentat et qu'il n'en avait tenu aucun compte ; j'aurais su le persuader ; j'aurais rusé ; j'aurais aidé à dégager la rue de la Ferronnerie où, à la faveur d'un embouteillage, l'assassin a sauté à la fenêtre du carrosse, couteau levé. Que se serait-il passé si le roi Henri avait prolongé son règne ? Et Jules César ? Et Robespierre ? Lui, je l'aurais poussé à signer cet appel aux armes contre la Convention, le 9 Thermidor ; dans les rues, cinquante mille artisans et ouvriers attendaient son signal, mais non, il doutait, peu doué pour l'action. Je me serais planté devant lui, à l'Hôtel de ville, pour l'inciter au combat. Acariâtre, les yeux cachés par ses épaisses lunettes bleues de myope, redoutant à chaque minute d'être poignardé, livré aux complots et aux haines, il mangeait des oranges, soignait les ulcères de ses jambes, se poudrait et se taisait. Il aurait fini par se rendre à mes raisons : « Achevez la Révolution en balayant les extrémistes, puisque vous le souhaitez ! » Ah ! si j'avais été là, Napoléon n'aurait pas existé. Je souris de ma propre naïveté. Ai-je les moyens de modifier l'histoire ? Réussirai-je, par exemple, à empêcher les soldats d'Indochine de se terrer à Diên Biên Phu ?

Galuchat n'a jamais le temps de se prélasser. S'il ne dicte pas sa chronique au *Figaro*, il court Paris entre deux rendez-vous officiels, mondains ou clandestins. Il a ses entrées dans les ministères, dans les théâtres, chez les députés, chez des artistes ; il déjeune avec un éditeur, dîne avec un général, reçoit des flopées d'invitations, se montre, engrange des confidences, écoute les ragots, commente, explique, prévoit, se trompe, triomphe quelquefois et le fait savoir. Chargé de nourrir ses prévisions, je dispose de mes journées et le rencontre peu. Le matin nous discutons un quart d'heure, puis, sur le sujet qu'il lance, je lui écris un paragraphe ou une page, enfermé dans ma chambre avec ces livres dont je recopie des passages entiers, en y glissant toutefois des approximations. Lorsque j'ai terminé ma besogne, je remets le feuillet sous enveloppe à Odette ; un coursier que je ne vois jamais vient chercher mon texte plus ou moins rédigé. Ensuite ? Eh bien je m'occupe. Hier j'ai été voir un péplum au Gaumont-Palace, ce cinéma géant de la place Clichy qu'on a par la suite livré aux pelleteuses.

J'ai rêvé de Marianne cette nuit. J'étais brusquement rentré chez nous et je lui racontais mon voyage. Elle m'enviait d'avoir assisté aux débuts de Jacques Brel, assez gauche sur la scène des Trois-Baudets, avec sa petite moustache et sa guitare sèche. Elle m'asticotait : « Dis, cet été, si on partait en vacances dans le temps ? » Je l'emmenais illico sous le Directoire. Au son d'un orchestre caché qui interprétait Cimarosa, sous des lustres de mille bougies, des femmes en robes transparentes fendues jusqu'aux hanches enlaçaient pour une valse des militaires aux ceintures tricolores. Mansart portait une redingote verte, Monsieur Paul un uniforme de hussard. Marianne s'était rafraîchi le teint à l'eau de pigeon, cheveux noirs bouclés à la Titus, poitrine découverte, drapée dans une légère mousseline et dans un châle de cachemire pourpre, avec un serpent d'or à tête d'émeraude entortillé au poignet ; arrogante, la taille fine, des cuisses rondes, elle marchait en se déhanchant pour que sa robe s'ouvre. Derrière un éventail, en toge, Odette Galuchat-Maurin prenait un air hautain. En quittant le salon, nous arrivions sur une plage grecque et je sentais une barbe fournie me boucler sous le menton, tandis qu'un philosophe tout nu, à quatre pattes, nous aboyait après. Il voulait mordre Marianne au mollet. Je la serrais dans mes bras, je sentais sa peau sous mes doigts, mais ses cheveux étaient longs, maintenant, et moins lisses qu'à l'ordinaire. J'ouvre les yeux. Louise dort à côté de moi, dans mon grand lit de l'avenue Paul-Doumer, chez les Galuchat, alors je comprends. Hier soir, j'ai emmené Louise à Saint-Germain-des-Prés ; nous avons écouté un orchestre swing, au fond d'une cave, dans un nuage de tabac, en buvant sec et en nous trémoussant au son d'un saxo triste.

Je la dévisage sans un souvenir de notre nuit, désorienté, puis je remonte le drap, elle grogne, elle ronronne, je me tourne de l'autre côté, vers le rideau qui filtre la lumière grise du jour. C'est indécent de regarder une fille dormir, on lui brouille ses rêves. Quel jour sommes-nous ? Lundi. Louise est en congé mais pas moi. Je ramasse mon pantalon sur la moquette et retrouve Galuchat sur la terrasse. Il se verse du café, mangeotte un croissant, étale sur la table les journaux du matin en écoutant d'une oreille les informations de la radio.

— Le plan Navarre, me dit-il en regardant son bol, qu'en pensez-vous ?

— Mmmm...

— Paul m'a raconté. Vous n'avez pas envie de penser à l'Indochine, mais enfin, vous en revenez. Vous devez avoir une idée là-dessus puisque vous avez du flair sur tout le reste. Selon vous, l'optimisme du général Navarre est-il fondé ?

— Il était confiant le mois dernier, il ne l'est plus.

— La presse dit le contraire.

— Elle se trompe.

J'ai révisé mes notes sur le mois de juillet qui s'ouvre et j'en ai appris le déroulement, mais je retiens les précisions, je m'empêche de donner des dates, je fais semblant de me concentrer en étalant de la confiture de fraises sur une tartine :

— C'est une guerre d'embuscades, de replis, de cachettes, de sabotages, de combats esquivés, de sacrifices inutiles...

— Navarre affirme qu'il va briser les communistes avant deux ans.

— Il l'affirmait.

— Il donne l'impression d'avoir un plan arrêté.

— Il ne réussira pas à le mener à terme. Ah ! Monsieur Galuchat, le général lancera deux ou trois opérations spectaculaires, mais sans effets réels ; de la fumée.

— Pourquoi ?

— Ses troupes n'ont plus le moral et les nerfs en pelote, la métropole s'en fiche, l'aide américaine tarde, l'armée vietnamienne de Bao Dai n'est toujours pas opérationnelle...

— Navarre a de la poigne.

— Les communistes seraient idiots de ne pas profiter de cette gabegie pour frapper, avec l'appui des Russes et des Chinois ; Navarre s'y attend ; il a compris qu'il ne gagnera jamais par les armes ; il va se résoudre à limiter les dégâts... Cela m'étonnerait qu'il ne ponde pas un rapport en ce sens au Conseil supérieur de la Défense.

— Un rapport secret, bien sûr.

— Confidentiel.

— Vous me développez votre pensée pour midi ?

J'ouvre mon secrétaire et je m'installe pour maquiller l'histoire future en analyse finaude, à l'aide de mes deux livres. Voyons l'index, Nasser, Natanson, Navarre, voilà, pages 36 à 39... Dans mon dos, Louise dort sans bruit. Je recopie : « L'extension de la guerre est imminente... Le Viêt-minh s'infiltre au Laos... » Je me lève en sursaut quand une main se pose sur mon épaule. C'est Louise, mal réveillée, cheveux en bagarre :

— Tu m'as fait peur !

— Y a pas d'quoi, dit-elle très bas.

Je referme mes livres, je les range pour qu'elle ne lise pas les titres, mais elle bredouille : « Continue, continue, je te dérangerai pas... »

Transportée dans un nouveau monde, Louise s'extasie devant le moindre objet, le moelleux d'un tapis, la tapisserie d'un fauteuil, la longueur du couloir qui depuis ma chambre serpente autour de l'appartement jusqu'à la terrasse. Pour consulter en paix ma documentation secrète, je confie Louise à la bonne au nez pointu qui l'appelle Mademoiselle d'une voix déférente ; ensuite je rédige mon pensum quotidien, je le plie dans une enveloppe que je vais poser pour le coursier sur le guéridon du vestibule. Guidé par des rires féminins et mêlés, j'avance dans la chambre d'Odette ; je les surprends toutes deux enroulées dans des linges blancs, comme au hammam. Elles ne m'ont pas entendu entrer. Odette est allongée sur le ventre, Louise lui masse le dos avec le baume du singe qui était sur ma table de nuit, et que j'avais acheté en 1995 dans une épicerie chinoise de Belleville. « Oooh ! dit Odette en se tortillant, ça picote ! Allez, à mon tour... » Elle se dresse sur les coudes, s'agenouille, renverse Louise à sa place et lui défait sa serviette avant de commencer un massage qui se poursuit en effleurement, s'achève sur les reins en caresse. Tout à coup les moulures s'effacent, le plafond s'abaisse, la bergère Louis XV se déforme en armoire design ; les deux femmes vieillissent en dix secondes, leurs joues se creusent, leurs peaux se dessèchent, elles ont des cheveux blancs. Oh oui ! J'ai hâte de rentrer chez moi, de fuir cette époque d'autrefois, cela ne m'amuse plus, mon imposture me fatigue. Je m'assois par terre et me cache le visage derrière mes deux mains. J'en ai soupé de cette comédie !

GALUCHAT : Vous avez eu un malaise, ce matin ?
ODETTE : Plutôt une crise.
MOI : Ça m'arrive quelquefois.

ODETTE : C'était impressionnant.

MOI : Où est Louise ?

GALUCHAT : Mon chauffeur l'a raccompagnée.

ODETTE : Elle est adorable.

MOI : Elle a des illusions.

GALUCHAT : Qu'elle vienne quand elle veut, évidemment.

MOI : Je n'y tiens pas trop...

ODETTE : Je vais m'occuper d'elle, ne vous inquiétez pas.

MOI : Je ne m'inquiète pas.

ODETTE : Et puis vous allez bien ensemble.

MOI : Oh non, j'ai un tempérament voyageur...

GALUCHAT : Turlututu ! Vous n'allez pas vous envoler ? J'ai besoin de vous.

MOI : Je ne me sens pas vraiment à ma place, ne le prenez pas mal.

ODETTE : Montrez-moi votre main.

MOI : Tenez...

ODETTE : Ah !

GALUCHAT : Qu'est-ce qu'il y a ?

ODETTE : Il a deux lignes de vie...

Galuchat entend me garder pour lui seul ; il ne me présente à personne, il ne m'emmène pas à ses dîners en ville, j'ai peu de chances de pouvoir bavarder avec un ministre que je pourrais influencer. Odette me considère comme un animal étrange, je sens qu'elle m'épie. Si je sors, elle m'accompagne. Le soir, quand Louise ne vient pas, elle reste à me surveiller. Je la fascine. Une nuit, comme des notables avaient invité Galuchat en province, elle s'est fourrée sous mes draps, elle a failli m'étouffer, elle respirait par saccades et m'a soufflé au visage : « Donne-moi un peu de ton pouvoir ! » Je crois qu'elle est cinglée mais j'ai intérêt à la ménager ; alors je me tais ; hélas, cela renforce le mystère. À cause de moi elle se plonge dans des traités de magie. Elle chaparde des objets que j'ai touchés, miettes de pain, serviette-éponge, chemise. Elle insiste pour me couper elle-même les cheveux ; l'autre jour je l'ai vue ramasser une mèche pour l'inclure dans un médaillon qui ne la quitte plus. Je pourrais lui demander n'importe quoi, l'accrocher au lustre, dire une messe noire sur son ventre, lui ordonner de ramper dans le couloir en récitant des mantras ; je m'en garde bien.

Ce talent surnaturel qu'elle m'attribue, Galuchat tente de le rationaliser. Passe le mois de juillet 53, et mes prédictions se réalisent les unes après les autres, qu'il exploite avec habileté pour se faire valoir. À mesure qu'il prend de l'importance, à ses yeux j'en perds. Il me consulte comme une simple boule de cristal, bientôt assuré d'être l'unique responsable de ses articles qui voient si loin et tapent juste. Dès le début du Tour de France il a pu parier sur le vainqueur, Louison Bobet. Il n'a pas été surpris que nos parachutistes s'emparent de Lang-Son, au Tonkin, près de la frontière chinoise, et il a écrit que cela ne résoudrait rien. Quand le jeune Fidel Castro a manqué son premier putsch à Cuba, il en a dressé un portrait pour le promettre à un avenir insoupçonné : lorsque Castro, dans six ans, chassera Batista de La Havane, Galuchat ressortira son texte et on saluera sa clairvoyance.

— Qu'est-ce que j'apprends ? Vous refusez de nous accompagner en Grèce au mois d'août ? Vous souffrez de la chaleur ?

— Non, Odette.

— Vous avez prévu une grève générale, bon, mais

tant mieux si nous pouvons en éviter le désagrément dans les îles.

— Je ne vous conseille pas la Céphalonie cet été.

— Vous préférez rester à Paris avec la petite Louise ?

— Je n'ai aucune préférence.

— Nous pouvons l'emmener.

— Odette, ne partez pas en Grèce.

— Nous non plus ?

— Allez où vous voulez, avec ou sans moi, je m'en fiche, mais évitez les îles grecques.

— Vous avez vu une guerre ? Un accident ? Nous risquons de nous noyer ?

— Il y aura un fort tremblement de terre.

— Ah...

— Des villages entiers vont disparaître, l'île de Zante va se briser, le port d'Arcostolion s'enfoncera dans la mer.

— Ce n'est pas la raison que vous aviez donnée à mon mari.

— Je ne pouvais pas.

— Si, vous pouviez, il vous aurait cru comme je vous crois...

— Non. *Je vois les choses*. Vous êtes la seule à le comprendre. Je ne les déduis pas d'une analyse, comme votre mari en est certain. Comment pourrait-il s'agir de ma part d'un raisonnement logique ? La terre craque quand bon lui chante.

— Oui...

— Essayez de le convaincre, trouvez un motif, mais ne lui racontez jamais cette conversation.

— Je vous croyais en Grèce, monsieur Galuchat !

— Eh non, mon cher Paul, nous avons bouleversé nos projets. Une lubie de ma femme.

— Vous avez bien raison, leur retzina ne vaut pas mon fleurie, vous allez m'en dire des nouvelles, et puis ce temps chaud demande un vin léger...

Chaque jeudi, les Galuchat m'invitent à *La Traboule Saint-Eustache*. Le rituel ne varie jamais. Je passe aussitôt à la cuisine embrasser la mère Paul sur une joue et serrer la main de Jambe-de-laine, ou plutôt le poignet, car il a toujours les doigts dans le jaune d'œuf ou dans la panure, et, inévitable, il siffle devant mes costumes rupins : « On dirait un milord, j'ose plus t'tutoyer ! » Comme d'habitude, Louise frétille. Odette, pour me ménager une surprise, l'a engagée comme demoiselle de compagnie. Elle va s'installer avenue Paul-Doumer en septembre. « Tu viens me chercher dimanche ? » Je réponds oui, comment attrister Louise quand elle sourit ? Puis je vais m'asseoir à la table 6, la nôtre, où Monsieur Paul vend son plat du jour, le ris de veau en brioche. L'alka-seltzer, idéal pour les digestions périlleuses, était-il inventé en 1953 ? Je dois me renseigner. Les repas de cette époque sont trop riches, trop longs, trop abondants pour un estomac serré de l'an 2000. Rondelle de saucisson chaud à bout de fourchette, Galuchat travaille, c'est-à-dire qu'il me travaille :

— Vous êtes encore tombé dans le mille, les syndicats de Bordeaux appellent à la grève illimitée.

— Cela va s'étendre.

— À toute la fonction publique ?

— Aux chemins de fer, à l'électricité, et ce sera la grève générale que j'ai prévue.

— Le gouvernement va lancer des ordres de réquisition.

— Ils n'arrangeront rien. Le gouvernement reculera. Il y aura quand même trois millions de grévistes, puis quatre, le secteur privé sera atteint...

— Quand cela se terminera-t-il ? soupire Odette.
— Avant la fin du mois.
— Délicieux, ce cervelas, dit Galuchat pour changer de sujet. On prétend que Moscou aurait la bombe. Vous y croyez ?
— Ils vont l'annoncer sous peu.
— Ce n'est pas sérieux !
— Malenkov va prévenir qu'il possède la bombe à hydrogène et tout le monde va lui répliquer comme vous, ce n'est pas sérieux. Eh bien si !
— J'ai intérêt à y croire, quitte à passer pour un gogo ?
— Oui, parce que les savants occidentaux, dans les proches semaines, vont repérer sur leurs sismographes l'explosion d'une bombe H en territoire soviétique.
— Enfin ! Les Américains, plus en avance, viennent à peine de réussir leurs premières expériences. C'est inquiétant...
— L'inquiétude viendra plus tard.
— Ils vont s'en servir contre nous ? demande Odette.
— Pas comme vous l'imaginez...
Dois-je les terrifier ? Dois-je leur expliquer que plus les sociétés se compliquent et se ramifient, plus elles dépendent des mouvements d'humeur d'un illuminé ; que des trafiquants de plutonium vont disséminer le nucléaire sur la planète, aux plus offrants, mafieux, terroristes, déséquilibrés ? Moi aussi, je dévie.
— Pas mal, la volaille en gelée de la mère Paul...
Odette ouvre des yeux effarés ; sous la table elle a posé une main sur mon genou, et ses ongles me rentrent dans la peau sous le tissu du pantalon.

Un pressentiment m'a tenu à l'écart des paysages de mon enfance, immeubles où j'ai vécu, jardins où l'on me promenait, sans doute par crainte d'y rencontrer des proches rajeunis d'un demi-siècle, ou (est-ce possible ?) moi-même en garçonnet, mais le hasard est cruel : les Galuchat possèdent une maison sur les hauteurs de Trouville et ils ont insisté pour m'y emmener. Comment leur refuser ? Ils avaient des arguments : « Après tous vos efforts, vous méritez du repos », m'a dit Odette, et lui : « La grève et les affaires du monde ne me retiennent pas à Paris, puisque vous nous accompagnez avec votre prescience ! » Alors nous avons pris la voiture pour un trajet de quatre heures, car l'autoroute n'existait pas.

Dès le premier jour je suis descendu au bourg et j'ai flâné sur la plage. J'ai observé les voisins de la villa que louaient mes parents en juillet, une famille sportive que nous ne fréquentions pas, la gamine qui s'entraînait au saut périlleux sur le sable, ses deux frères qui roulaient un bateau vers les vagues. Que sont-ils devenus ? Ou plutôt, que vont-ils devenir ? Je l'ignore et ça me repose. La statue de Flaubert est à sa place, entourée de grandes brasseries aux stores baissés, en face du casino. J'avais oublié ce marchand de jouets, cet antiquaire, ce bazar avec son bouquet de filets à crevettes et de pelles. Le décor reconstitué me procure un sentiment de malaise et de joie. Quand je remonte chez les Galuchat par la corniche, en méditant, je m'imprègne de l'architecture discrète de naguère, des arbres disparus, des terrains vagues. Odette prend le soleil en maillot, sur la pelouse qui surplombe les falaises des Roches Noires.

— Votre mari n'est pas là, Odette ?

— Il est à côté, chez les Berthon.

Je lui déplie sous le nez un journal local qui titre : *Séisme meurtrier dans les îles grecques, 20 000 per-*

sonnes évacuées. Odette se lève, se colle à moi en tremblant et tartine ma chemise de crème solaire.

— Vous nous avez sauvé la vie !

— D'accord, mais ne le répétez pas.

Les voisins Berthon viennent prendre l'apéritif. Madame Berthon montre son dos de langouste cuite et Odette lui indique la marque de sa crème. Galuchat m'entraîne sous la véranda avec son ami, colonel, qui a des idées précises sur la stratégie. C'est un petit homme sec à poil blanc, en costume de toile, qui me jauge : « Galuchat m'a parlé de vous. Il paraît que vous êtes très fort pour prévoir les événements. » Je souris avec modestie, et la ganache me prévient : « Ce que je vais vous confier doit rester secret. Motus ! » Galuchat répond de moi. L'autre se lance :

— Voilà... Il faut stopper les offensives du Viêt-minh. Le mieux, semble-t-il, et j'en ai touché deux mots à mes compagnons de l'État-Major, ce serait d'établir un véritable camp retranché, autour d'un aérodrome, pour ravitailler les maquis qui nous sont favorables et couper net la route vers le Laos...

— À Diên Biên Phu ?

— Comment diantre le savez-vous ?

— Il est très fort, insiste Galuchat comme s'il espérait me céder à un bon prix.

— Je répète : comment le savez-vous ?

— En regardant une carte.

— Comme moi ! dit Berthon. Dans les rizières, près de la frontière laotienne, avec une piste d'atterrissage laissée par les Japonais...

— Qu'il faudra allonger et réparer pour les Dakotas.

— Bien sûr ! L'ennemi va se casser les reins sur

notre forteresse ! Nous garantissons le Laos et nous nettoyons la région !

— Il y a un ennui, monsieur Berthon.

— Un ennui ?

— Les anciens stratèges chinois trouveraient bizarre de s'enfermer dans une cuvette.

— Nos modernes stratèges français ne le pensent pas.

— Ils ont tort.

— Et pourquoi, s'il vous plaît ?

— Ils se placent d'emblée en position d'assiégés.

— Assiégés ? Qui donc nous assiégerait ? Vous avez vu les soldats vietminhs ? Des paysans, sans matériel sur place...

— Ils peuvent l'acheminer depuis le nord.

— Et comment ? À vélo ? (*il rit, Galuchat aussi*).

— À vélo, précisément.

— Vous êtes fou ! Un certain talent, j'en conviens, pour localiser l'endroit...

— Il connaît la région, ajoute Galuchat.

— Mais pour une vision d'ensemble, non, mon ami, je crois que vous n'y êtes pas !

Mon ambition de modifier les événements m'apparaît absurde. Pourquoi m'écouterait-on ? D'où viendrait mon autorité ? Berthon se moque et me le fait comprendre. Savoir ne suffit pas. Savoir, quel handicap.

Paris, 1953 *(suite et fin)*

Dans les campagnes, on nommait idiot du village cet escogriffe à tout faire qui ne voulait rien faire. En béret, debout près de la rivière, il regardait passer les charrettes, souriait jusqu'aux oreilles, un peu simplet mais serviable, et il débitait à l'occasion des vérités que personne ne prenait au sérieux. La plupart du temps, avec ses lieux communs jetés comme des proverbes, il avait raison, mais qu'on l'écoute il ne s'en souciait guère. L'idiot possédait un savoir inutile dont il se contentait, ce qui pourrait définir la sagesse que je cherche, moi, exilé dans le temps, avec ce nouveau destin qui m'incommode.

Je connais l'histoire d'un pauvre menuisier de la Mayenne qui n'avait pas les moyens de gaspiller son bois. Il clouait des cercueils, mais la mort saisit sans prévenir. Chaque 1er janvier, le menuisier frappait aux portes du village et présentait ses vœux. D'un coup d'œil, il repérait les prochains morts. Celui-ci, joyeux, très en forme après le réveillon, ne se doutait de rien, mais à des signes imperceptibles, à des ondes, le menuisier sentait sa fin et la programmait sans erreur. Il notait discrètement les mensurations de ses futurs clients de l'année pour ne prévoir ainsi que les planches nécessaires. Il savait. Il ne le disait pas. On a compris au lendemain de sa mort, en lisant son calepin. Je dois le prendre en modèle, accomplir ma besogne auprès des Galuchat et m'en tenir là, garder mon savoir dans ces limites et ne jamais l'exagérer en pouvoir.

En deçà de mes possibilités, je me consacre à l'avenir proche que désire Galuchat et n'en sors plus. Depuis des semaines je n'ai pas eu d'hallucinations qui signaleraient mon retour au bout du siècle, mais, si j'y retourne, j'irai vérifier aux archives du *Figaro* ces articles que j'ai inspirés, j'y lirai certaines de mes phrases puisque je ne rêve pas. Cependant une question subsiste : comment puis-je coexister en 1953 avec l'enfant que j'étais ? Dédoublé dans l'âge et dans le temps, vais-je d'ailleurs finir par me rencontrer ? Installé dans ma nouvelle routine, je n'y pense plus jusqu'au 3 septembre, le jour où le chauffeur m'accompagne à *La Traboule* pour y prendre les bagages de Louise. Je le laisse grimper les six étages et je bavarde avec Monsieur Paul au comptoir.

Il est midi et demi. J'assiste à l'entrée d'un groupe de clients qui parlent fort. Monsieur Paul me laisse pour les recevoir avec son boniment habituel, et, comme je n'ai rien d'autre à faire, je les étudie, l'une surtout, qui ôte son manteau de panthère. Je connais son visage. Elle a moins de trente ans mais je l'ai croisée plus tard dans sa vie. Je fouille dans ma mémoire et me mets à pâlir. Elle figure sur une photo de l'album de Marianne, avec ce même manteau, dans une allée du parc Monceau.

C'est sa mère.

J'ai à peine la force de quitter mon tabouret pour fuir le restaurant sans un mot ; dehors, le chauffeur range les bagages de Louise dans le coffre et m'annonce qu'elle descend. « Occupez-vous-en, Marcel, expliquez-lui ce que vous voulez, je vous rejoindrai plus tard... » Et je disparais au coin de la rue, abrité comme un chasseur pour guetter ma proie.

Les parents de Marianne sortent de *La Traboule* vers deux heures de l'après-midi. Je n'ai jamais vu son père, cet homme élégant qui va mourir bientôt contre un platane de la nationale 7, au volant de sa Studebaker ; il tient le bras de Marguerite, sa femme ; elle n'a aucune chance de me reconnaître puisqu'elle ne me connaît pas encore. Comme elle ressemble à sa fille ! Même rire, même démarche, même silhouette. Je sais leurs malheurs à venir et je m'attriste sottement de leur inconscience ; mieux vaudrait, pour ma santé mentale, que je m'intéresse au présent, mais lequel ? J'avance entre des cadavres repus et joyeux, mais, concentré sur ma filature, je balaie vite ces images funèbres. À la suite de ma future belle-mère, je grimpe dans l'un de ces taxis G7 qui ressemblaient alors à ceux de Londres, rouge et noir, confortables, où l'on peut étendre les jambes, avec des strapontins et une vitre pour vous séparer du chauffeur.

Marguerite et son mari, dont je cherche en vain le prénom, habitent déjà cet appartement de l'avenue Niel que j'ai visité dans les années soixante, lorsque nous étions étudiants et fous de cinémathèque. Je contemple l'immeuble. Là-haut, derrière une fenêtre, Marianne a cinq ans ; elle apprend à lire sur la table du salon avec une vieille demoiselle qui louche ; elle m'en a parlé souvent, avec amusement et tendresse ; j'imagine la fillette devant son livre ouvert, qui suit les lignes avec le doigt pour apprendre les é, les è et les ê ; elle ânonne : « La haie... L'épé-e... » Je reste sur le trottoir, livré à une sorte de chaos.

Je patiente et le sort me récompense vers le milieu de la journée. Le porche en fer forgé s'entrouvre. Sa mère tient Marianne par la main ; boudeuse, en robe écossaise à col blanc, elle tient un ballon sous le bras et trottine ; elle a les cheveux plus clairs, des joues rondes, mais je reconnais ses yeux brillants. Je suis la mère et la fille à distance vers la place des Ternes, puis sur le trottoir large du boulevard de Courcelles, à l'ombre des tilleuls, pour passer après elles la grille monumentale du parc Monceau. Il faut que les enfants s'aèrent, disait-on, car l'air était moins sale ; on emmenait donc Marianne s'ennuyer dans des squares aux pelouses interdites, aux allées poudreuses, avec son ballon ou sa corde à sauter. Des dames tricotaient ou papotaient sur les bancs verts. Je m'assois au soleil à côté de Marguerite. Elle lit un roman, distraite à chaque ligne par sa surveillance. Marianne tourbillonne avec une bande de marmots criards. Je ne veux pas l'observer avec trop d'insistance pour ne pas alerter sa mère, qui m'a souri en hochant la tête quand je lui ai demandé la permission de m'asseoir sur le même banc.

Une bousculade ; Marianne tombe et crie ; Marguerite pose son livre ouvert et se dresse, mais je suis plus rapide et relève sa fille le premier. Ça me fait drôle de prendre Marianne dans mes bras. Elle n'a pas encore ses dents d'adulte et renifle, je lui essuie le genou écorché avec mon mouchoir. Sa mère me remercie de ma présence d'esprit. Je ramasse son livre, tombé dans l'allée, *Kœnigsmark*, dont je lis à voix haute la phrase d'introduction :

— « Longtemps, j'ai hésité à rendre à la vie le dépôt que je tenais de la mort... »

— Vous aimez Pierre Benoit ?

— C'est bien écrit.

— Les histoires de princesses ne vous émeuvent pas ?

— Sincèrement, madame, je préfère la comédie.

— Oh, moi aussi ! Dans les livres comme dans la vie.

— La vie mélange les genres.

Comme Marianne boite, je propose de la porter jusque chez elles et sa mère y consent :

— Elle est lourde, vous savez, elle a cinq ans.

Marianne s'endort contre mon épaule, comme elle le fera bien plus tard, et nous regagnons l'avenue Niel à petits pas.

— D'habitude, dit la mère, elle a peur des étrangers.

— Je ne suis peut-être pas un étranger ?

Nous rions, chacun pour des raisons différentes.

Idiot que je suis ! Je les ai laissées devant la loge de leur concierge, je n'ai pas voulu profiter de l'accident, je n'ai pas osé, trop bouleversé d'avoir tenu Marianne contre moi, de l'avoir bercée. Je rentre tard chez les Galuchat — je les avais oubliés, ceux-là. J'ai l'impression de revenir des enfers, où j'aurais pris des manières de voyeur. Je vis une situation inavouable, sans réplique, sans rébellion capable de dissoudre mes nouvelles angoisses.

J'allume le vestibule. Odette m'attendait dans l'obscurité :

— Louise et moi, nous étions mortes d'inquiétude.

— Il m'est déjà arrivé tellement de choses que rien de grave ne peut m'abattre.

— Je sais, mais...

— Zut !

— Louise, je l'ai installée dans votre chambre...

Puisque Louise ronfle dans mon lit, je me campe sans bruit dans le fauteuil Voltaire pour ressasser en imbécile l'événement de ma journée. Si j'ai porté Marianne, la même et une autre, réelle mais inachevée, il n'y a aucune raison pour qu'un jour je ne tombe pas nez à nez avec le gosse que j'étais. Ce dédoublement prévu me rend nerveux. Comment dormir en remuant pareille hypothèse ? Je somnole, je m'engourdis jusqu'à l'aube, prostré, déchiré, ailleurs, je veux dire : nulle part. Pour dépasser mon sort comme j'ai dépassé la chronologie, je pense devenir héroïque ou indifférent, sinon la possibilité de poser un point final, en sautant par cette fenêtre, m'apaise.

Ma subite métamorphose en légume cause des soucis à Louise et aux insignifiants Galuchat-Maurin. Ils bourdonnent. Sans ciller, j'enregistre leurs inquiétudes croisées :

— Il ne dit plus un mot.

— Il ne répond même pas quand on lui parle.

— Et si on le secouait ? Un rien de brutalité remet les idées en place : les noyés se débattent quand on veut les ramener sur la berge, mais après, ils vous remercient.

— Quand il nous regarde, il ne nous voit pas.

— Que voit-il, quand il fixe le mur ?

— Il doit y avoir un remède.

— Une cure de repos ?

— Mais il se repose ! Il ne fait que ça, se reposer !

— Oui, mais dans un état second.

— J'ai prévenu le professeur Marchaudon ; il va venir l'examiner ce soir.

— Marchaudon ? Il ne connaît que les électrochocs !

— Un choc pour guérir d'un choc.
— Quel choc a-t-il subi, grand Dieu ?
— Le saurons-nous jamais...
— Chers amis, excusez-moi, dis-je en me levant.

Ils en restent bouche bée, ne risquent pas un mouvement lorsque j'attrape ma veste et quitte la chambre en refermant la porte derrière moi.

Le rond-point des Champs-Élysées sent le crottin : des fiacres y attendent les touristes pour les emmener tourner place de l'Étoile. Ces images pâlies retrouvent leurs contrastes. Rachel d'Orange, une ancienne écuyère de cirque, avec son chignon et son chapeau melon, sa veste abricot, les culottes bouffantes, fouet en main, éclipse les autres cochers ; ce sera la dernière à résister aux autos ; jusqu'au milieu des années soixante, je la verrai guider sa rossinante dans les embarras de l'avenue.

Je longe maintenant des hôtels particuliers disparus ou désossés, les deux étages carrés de *La Toile d'avion* où l'on vend du tissu au mètre, la façade baroque et verte du pâtissier Sirdar, les gigantesques cinémas, le passage couvert du Lido... Je tourne à l'angle de la rue Washington, devant *La marquise de Sévigné*, un salon de thé pour les dames. C'est dans cette rue, au numéro 10, que je vivais, pardon que je vis en 1953. En face, caché dans sa guérite à journaux, en béret, les joues bleues de barbe, je revois ce Monsieur Albert qui vendait aussi du bois et du charbon. Le portail de mon immeuble est fermé. Je lève les yeux vers le quatrième étage, notre balcon étroit qui court sur la largeur de l'immeuble.

Entrer ? Je ne m'y résous pas. Ma curiosité faiblit devant ma crainte : si mon passé me sautait au visage ? Je fais les cent pas. Je m'arrête contre la vitrine de la maison Faguais ; par le soupirail sortent des odeurs chaudes de confitures ; je respire une bouffée de framboise quand j'aperçois, venant de la boulangerie au coin de la rue Lord-Byron, un garçon en culottes courtes de jersey gris, avec une frange à la Marlon Brando sur le front, un museau de fouine, renfrogné ou égaré dans ses imaginations. Aucun doute : c'est moi et cela me pétrifie.

Le garçon passe sans me regarder et je lui emboîte le pas pendant quelques mètres. Il se retourne, inquiet, j'ouvre la bouche pour lui demander un renseignement, entendre ma voix quand j'avais sept ans, me répondre à moi-même, mais non, le garçon que j'étais se presse, soudain fébrile, il appuie sur la sonnette du 10 et disparaît vite dans l'immeuble, comme s'il redoutait cet inconnu qui veut l'aborder. Je m'en souviens. J'ai eu très peur, un jour, d'un drôle de type qui me zyeutait avec un air étrange et qui m'a suivi sur le trottoir, de la boulangerie à chez moi. Que me voulait-il ? Je me méfiais déjà du monde.

Une fois encore, l'esprit trouble, je rentre tard avenue Paul-Doumer. Les pièces sont éteintes. Je n'allume pas. J'avance au jugé dans le long couloir : sous ma porte, un rai de lumière m'avertit que Louise doit veiller, mais quand j'approche, je discerne un concert de voix : celle de Louise, geignarde, celle d'Odette, pointue, affolante, celle de Galuchat lui-même par éclats, qui tonne. J'avance comme un chat et me garde d'ouvrir, pour surprendre ce qu'ils racontent en mon absence, réunis dans ma chambre :

GALUCHAT : C'est un espion.

ODETTE : Un démon ! Un démon !

LOUISE : Il va expliquer tout ça, vous allez voir.

GALUCHAT : On ne va rien voir du tout !

LOUISE : Qu'est-ce que vous allez faire ?

GALUCHAT : Je vais prévenir un ami du ministère de l'Intérieur. C'est grave, mon petit, très grave.

ODETTE : Contre Lucifer, la police ne peut rien !

GALUCHAT : Oh, mais calme-toi !

ODETTE : Lucifer apparaît et disparaît comme il veut !

GALUCHAT : Et ces bouquins que nous avons découverts ?

ODETTE : Des grimoires magiques !

LOUISE : Madame...

GALUCHAT : Donnez-lui un châle, Louise, vous voyez bien qu'elle tremble de froid.

ODETTE : De froid ! Dans les flammes infernales ?

J'ouvre la porte d'un geste brutal qui les fige tous trois. Odette se met à hurler ; elle tombe sur le tapis et trépigne. Louise s'accroupit et tente de la calmer, mais elle me regarde effarée. Galuchat, debout au milieu de la pièce, décoiffé, me fixe avec des yeux terribles. Ils ont ouvert le secrétaire en forçant la serrure aux ciseaux. Ils ont feuilleté mes livres ; ils en ont lu des passages, tourneboulés, et ne comprennent plus rien. Galuchat y devine une étude prospective des services secrets ennemis, Odette une intervention directe du Malin. Louise ? Elle flotte. Comment ce trio défait impressionnerait-il un homme qui vient de se dédoubler dans l'espace et le temps ? Je prends l'initiative :

— Bravo ! Je tourne le dos et vous furetez dans mes tiroirs !

— Ce que nous avons trouvé, dit Galuchat, nous l'autorise a posteriori.

— Et qu'avez-vous trouvé ?

— Ne faites pas l'innocent ! Ces livres, là, d'où sortent-ils ?

— Vous les avez lus ?
— Suffisamment.
— Avec passion, j'espère.
— Arrêtez de finasser !
— Explique-nous, dit Louise, suppliante.
— Ce sont des livres de prévisions...

J'invente sur-le-champ une histoire loufoque pour les tranquilliser. En Extrême-Orient, à Cholon, j'aurais connu dans un temple un centenaire chinois à la barbe effilée. Il avait élucidé le comment et le pourquoi des choses, et il m'avait enseigné la façon dont les événements s'enchaînent, mus par un élan inévitable. Porté par ma vision, j'aurais écrit ces livres, seul parmi les montagnards du Laos qui m'offraient leur opium pour aiguiser ma claire perception des temps futurs. J'avais signé ces feuillets sous des noms d'emprunt, pour que mes supérieurs ne sourcillent pas ; un artisan discret les aurait imprimés à Saigon en échange d'un sac de piastres.

J'apostrophe Galuchat, muet depuis quelques minutes ; lorsqu'il me demandait d'éclaircir la politique des semaines à venir, il avait d'abord été surpris, puis il s'y était accoutumé, il avait assimilé ce don et s'en était servi : pourquoi me reprocher aujourd'hui ce qu'il avait admis pendant des mois ? Mon discours l'a vaincu. Il s'excuse. Louise respire mieux et me prend le bras. Le professeur Marchaudon viendra demain, mais pour Odette, roulée sur le sol, les yeux absents, qui agite les lèvres sans émettre un son.

La situation se retourne : je surprenais les Galuchat, ils me craignent. Me voici en mesure d'abuser de leur asile, mais une force indéfinie m'appelle sur le théâtre de ma prime enfance, et je ne pourrai me dérober longtemps à ce rendez-vous. Pour la galerie, je me drape dans le mystère ; pour moi, j'ai peur de retrouver avec trop de justesse un passé heureux mais primitif, et disant ce dernier mot je le réprouve, car je n'ai jamais été enfant, je le sais, trop seul sans doute, écarté depuis le début du monde ordinaire. Je suis né civilisé, ce n'est pas un cadeau. Autour de moi, en prenant de l'âge, j'ai vu grandir un monde inculte.

Je ne tiens plus en place dans ce cocon de l'avenue Paul-Doumer. J'ai prêté mes livres au gros Galuchat qu'ils éblouissent : croit-il seulement à mes fadaises ? Oui, quand ça l'arrange il ne réfléchit pas. Odette est partie se reposer en clinique au Vésinet. Les psychiatres doivent lui injecter dans les veines des litres de saletés calmantes ; elle va bientôt recevoir des visites, le regard éteint à jamais. Louise me considère avec amour et méfiance, devant elle j'ai un peu honte. Elle a vite pris le pli des riches. Elle confond toujours les pronoms relatifs, elle ne pratiquera jamais le *dont* et continue à dire « le monsieur que je t'ai parlé », mais qui s'en apercevra chez les joueuses de bridge de l'avenue Mozart ? Du côté de la Muette on a toujours communiqué en baragouin.

J'ai oublié le nom de notre concierge d'antan, rue Washington, une petite dame ronde qui ne dormait jamais et se parfumait au jasmin. Le soir, après dix heures, il ne suffisait pas d'avoir la clef de la porte cochère ; même s'il y avait peu de va-et-vient dans cet immeuble habité par des familles, il fallait crier son nom en passant devant la loge, dans le grand hall mal éclairé par deux plafonniers en verre dépoli, et les pas résonnaient sur les dalles beiges. À droite, avant la cour occupée par un pavillon biscornu d'un étage, je monte dans l'ascenseur poussif dont une banquette de velours réduit encore la cabine à ciel ouvert. Au quatrième, est-ce que je vais sonner ? À cette heure-ci, en semaine l'appartement doit être vide. La femme de ménage est déjà partie, mon père travaille à sa joaillerie de la rue Royale ; avant la rentrée des classes, ma mère m'emmenait dans ces boutiques de mode où elle vendait les chapeaux de laine qu'elle faisait au crochet.

Je soulève le pot de géranium du palier, où l'on cache par principe la clef longue et simple de la porte d'entrée. Les cambrioleurs ne visitent pas les particuliers, dans les années cinquante, et l'on traverse Paris à pied, la nuit, sans danger. Les malfrats réservent leurs coups aux banques, aux casinos, aux bijouteries de la place Vendôme. Nous dormions tranquilles sans verrous ni blindage, et parfois, même, la porte restait entrebâillée. J'ouvre et j'avance dans le vestibule sans allumer la lampe en porcelaine translucide, en face des porte-parapluies de bois sombre qui flanquent un coffre surmonté d'une glace. Une porte, deux, quatre pour aller dans les salons, ou vers la cuisine, au bout d'un couloir étroit de dix-huit mètres, ou vers la salle à manger, puis les chambres. Je n'ai plus de salive, dépaysé par ce décor trop connu. J'entre dans le grand salon dont les fenêtres voilées donnent sur le balcon et la rue. Des canapés immenses, le bureau, des fauteuils bas couverts de satin brun ; à gauche, une vitre qui fait pendant à la glace de la cheminée permet de voir la pièce voisine, une autre cheminée, une autre glace, d'autres sofas. Que sont devenus ces meubles à gros ventre, pleins de tiroirs, de rabats, de glissières, de tabernacles sculptés, de secrets ? Je m'assois et je me frotte les yeux.

Soudain j'entends claquer la porte. Des pas, des voix, un bruit de talons hauts sur le parquet, une galopade d'enfant. En alerte, je me retiens de respirer. J'écoute. J'ai la mémoire de cet appartement, au son je repère les déplacements de ma mère et de moi-même. De moi-même ! Mais je suis là, comme un nigaud, prisonnier du salon. Sortir, voilà mon premier réflexe, mais je n'arrive pas à me lever, mes genoux tremblotent. Il le faut cependant. La porte n'est pas loin mais le parquet craque. Ma mère appelle, elle ouvre des portes : « Où es-tu ? Viens vite, c'est l'heure du goûter ! » Elle va entrer dans le salon. Je me cache entre le canapé et le coffre à bois, à côté de la cheminée de marbre. Juste à temps. La voilà : « Mais enfin, où es-tu ? Allez... » Elle marche droit vers le canapé qui me protège. Je suis pris. Je baisse la tête, accroupi, les paupières lourdes, de la sueur dans le cou. « Eh bien ? Tu viens ? » Je lève les yeux. Elle est devant moi. J'ai des culottes courtes en jersey gris, les joues lisses, des mains plus petites, un corps de sept ans pour un esprit sept fois plus vieux.

Non, je ne suis pas fou, mais je continue à dégringoler dans le temps. Épouvanté par cette chute, j'intègre avec maladresse mon corps plus souple d'autrefois. Au goûter, je redécouvre les croissants fourrés à la frangipane, avec leur sucre glacé que parsèment des amandes. En face de moi, sur la grande table, ma mère invente ses chapeaux. Je la dévisage, jeune, malicieuse, vive ; dans quatre ans elle mourra d'un cancer. Sa voix s'estompera d'abord, puis ses traits deviendront indécis, je n'en conserverai que deux ou trois photos qui ne lui ressemblent pas, ou d'autres, plus lestes, mises à l'abri par mon père dans une boîte en carton, les jambes en l'air, la figure à demi dissimulée derrière un bras nu. Je regarde avec tendresse cette femme qui va s'effacer, comme si j'avais le pouvoir de la retenir sur terre au moins dix ans de plus.

— Tu rêves ? demande ma mère.

Ma chambre a des murs jaunes et des boiseries gris perle. Par la fenêtre sur cour, on voit l'immense coupole de verre d'un garage de la rue de Berry, cassé depuis, remplacé par des immeubles carrés. Je me jette sur mon lit et je feuillette sans surprise les derniers numéros de *Spirou* : je connais la suite de ces aventures mille fois relues, Jean Valhardi va s'en sortir, Buck Danny aussi, et les plans de la turbotraction sont cachés dans la corne d'un rhinocéros.

J'ai attendu avec des frémissements le retour de mon père à la maison. Nous avons presque le même âge, je suis même son aîné ; il ne peut plus m'impressionner ; s'il a vécu deux guerres et moi aucune, nous portons chacun notre poids d'expériences, et deux époques bien distinctes. Quand j'entends claquer la porte, je me précipite dans la salle à manger avec un serrement dans le ventre. Je le vois de dos, contre la cheminée de marbre où il pose comme chaque soir le contenu de ses poches, une liasse de billets froissés où plus tard je me servirai à volonté en argent de poche, sans jamais exagérer mes besoins, puis des rubis dans des papiers de soie pliés, qu'il étudiera sous la lampe, avec cette loupe noire de bijoutier collée à l'œil comme un zoom. Il porte un costume bleu roi impeccable, une chemise blanche, une cravate rayée de chez *Red and Blue*, avenue George-V. Mon père a les cheveux rares sur le crâne, mais des mèches blanches aux tempes qu'il coiffe avec un peigne d'os très fin, une allure d'autorité naturelle mais ironique, un tempérament de pessimiste joyeux dont j'ai hérité avec son timbre de voix, et, à son doigt, cette lourde chevalière en or massif, les armes d'un ancêtre qui servit le maréchal de Montmorency, tué au siège de

Turin ; cette chevalière qu'il me léguera en disparaissant trop tôt, que je n'ai plus quittée, sauf aujourd'hui où elle s'est envolée quand j'ai changé de corps ; l'écusson figure un chêne où se niche une colombe, avec, au-dessus, un casque entouré d'un falbala de feuilles.

Il se penche pour m'embrasser d'un geste machinal, puis il embrasse ma mère, toujours occupée à ses chapeaux, et ils se racontent leur journée. Il est sept heures du soir. Je les contemple. Ils sont paisibles. Elle va pourtant mourir bientôt ; je saurai la nouvelle sur la terrasse de notre villa normande, en face de la mer. Je serai en train de jouer aux petites autos avec un voisin. On me fera comprendre la vérité sans la dire clairement, et je retournerai jouer pour ne rien montrer aux autres. Lui, il meurt dans onze ans, mal consolé, jamais rétabli au fond du cœur, et dans son portefeuille nous trouverons à côté d'une photographie de sa femme un poème sombre de Milosz, découpé dans un hebdomadaire et jauni.

Je le suis dans leur chambre que le soleil couchant éclaire en doré. Il jette sa veste sur le lit d'acajou où ils rendront l'âme, il enfile son gilet de cachemire clair à boutons. Ici, un matin de mes dix-neuf ans, avant que je ne parte au lycée, malade, à bout, pour une fois mal rasé, il me demandera : « À quelle heure rentres-tu ? Six heures et demie ? Trop tard. Je te dis au revoir, on ne se reverra pas. » Alors il m'a serré la main plus fort. Une fois encore, j'ai fait semblant de rien, mais il avait raison ; on est venu me chercher au parloir ; il est mort vers cinq heures. En revenant chez mes parents, chez moi, je vais peut-être enfin saisir le pourquoi de mon éducation latine, mon plaisir et ma familiarité quand je lis et relis Horace ou Sénèque, mon goût viscéral de l'Italie ; ces ruelles de Venise que, dès la première fois, je savais par cœur avec l'impression de les avoir mille fois parcourues ; les raisons de ma dureté et de ma défiance permanente.

Au lieu d'explorer, je déplore. Trop de recul ; je ne vois rien de ce qui bouge sous mon nez, dans l'immédiat je vois plutôt la mort au travail. Hier, mes parents recevaient des amis. Je les connais. Ils respirent la santé et la réussite, bronzés à Monte-Carlo, beaux, enjoués. Elle, hôtesse de l'air, ce qui était un métier envié pour son prestige, finira rongée par l'alcool, le foie en loques. Lui, un coiffeur lancé de l'avenue Montaigne, se ruinera en fabriquant lui-même des parfums qui portent toujours son nom ; après, il domptera des lions, il leur construira une cage dans son jardin de Bougival, ils s'évaderont, provoqueront des tracas sans fin ; il échouera dans un cirque en Allemagne, simple garçon de piste, imprégné des odeurs de fauves ; on le croisera vers les années soixante-dix, nomade, mendiant sa dose de poudre blanche, défait, survivant à peine dans une caravane.

Il n'est pas question que je me laisse empoisonner par ce que j'entrevois d'affligeant. J'accepte donc d'imiter les enfants, mais comment m'y prendre ? Je n'ai pas envie de jouer, d'ailleurs je ne sais plus en quoi cela consiste. Devant ces petits soldats de plomb, mon imagination défaille. Est-ce bien amusant de faire tourner un train électrique ? Je m'ennuie. Je me compare à l'abbé de Rancé dont Chateaubriand a raconté la vie heurtée. Après avoir adoré quelque temps la tête momifiée de son amante, ce mondain s'enferme dans la pénitence à la Trappe. Il veut participer à une vie rude. On lui attribue un lopin de terre ; il creuse ; au premier coup de bêche il trouve soixante pièces d'or anglaises ; il les empoche et part en Italie. D'une manière voisine, enfermé dans le temps mieux que par des murailles, peut-être vais-je trouver un trésor et m'enfuir ?

Impossible de m'enfuir. Je n'ai pas les moyens d'accélérer le mouvement, ni dans un sens ni dans l'autre, et puis je me vois mal vers l'an 2000 dans un corps de gamin : ce serait pour mendier dans le métro. Alors je m'applique à savourer le présent, je pose même ces questions qui laissent les grandes personnes muettes : « D'où viennent les charançons qui peuplent soudain les haricots secs ? Pourquoi le bâillement est-il communicatif ? Pourquoi a-t-on peur dans le noir ? Que devient mon poing, quand j'ouvre la main ? »

Je renoue avec l'enfance par ses limites. Cette période protégée, mais déplaisante, réclamerait de la patience et ne l'obtient jamais, trop brouillonne ; on veut grandir vite, pour regarder ce qu'il y a au-dessus des meubles sans grimper sur un tabouret. Replacé dans cette condition, à l'âge de raison, ce qu'on m'apprend d'abord est négatif : le feu éclaire et brûle, ce qui est beau n'est pas toujours bon. Nos expériences initiales restreignent le monde à ses dangers, voilà pourquoi, sans doute, tant d'hommes s'accrochent à leurs premiers pas, surveillés, choyés, dirigés ; à ce stade primaire où des adultes qui masquent leurs soucis décident pour eux de leurs distractions comme de leurs devoirs ; les autres naissent voyous ; mais dès le premier sourire, nous savons tous mentir.

Quand il rampe, quand il marche, un humain débutant court se cacher sous la table ou derrière un rideau. Ses parents font mine de le chercher, comme s'ils ne l'avaient pas vu, mais sans affolement, ce qui les trahit et le fait rire. Plus tard, en vacances à la campagne, s'il a cette chance, il s'arrangera une cabane dans un buisson et y restera longtemps à imaginer une aventure, tapi comme un Apache avec une plume de pigeon dans les cheveux ; l'ennemi ne viendra jamais ; il faut tout imaginer et j'en ai perdu l'habitude.

Dans les beaux quartiers, on ne joue pas dehors mais sur le parquet ciré, sur ces tapis du Turkestan aux motifs précieux et géométriques dans lesquels, avec un rien de concentration, on devine des paysages et des têtes de monstres. Élevé en appartement, je n'ai jamais eu de grenier. Heureusement, j'entrais à ma guise dans la crypte de Moulinsart où les frères Loiseau poursuivaient Tintin, murs de brique rousse, piliers de pierre, un fouillis d'armures à bicornes, de bustes romains, Vénus en plâtre, vases à foison, boulier, tableaux, masques japonais, boîtes à musique, bouddhas souriants, paravents, pendules, tambours. J'aimais aussi le confortable débraillé du château de Champignac, la maison que je n'ai pas eue, avec ses vieux meubles et ses traversins. Et puis, cela me revient, je me promenais sans fin dans les volumes lourds du Larousse de 1910 qui m'enseignait l'Antiquité, les plantes et des oiseaux que je n'avais aucune chance de rencontrer dans les parages de l'Arc de Triomphe. Je partais déjà dans le temps avec *Les belles histoires de l'oncle Paul* ou la monumentale *Histoire de France* de Maxime Petit qui reproduisait en photos, avec le réalisme cru du noir et blanc, l'âge de pierre peint par Cormon, le siège d'Alésia mis en scène par Henri Motte ou l'excommunication de Robert le Pieux, un tableau de Jean-Paul Laurens : ce roi effondré, seul sur le trône avec sa reine contre lui, devant un cierge renversé, éteint, qui fume encore, et les évêques, au loin, qui tournent les talons et disparaissent sous les voûtes. À sept ans, mes meilleurs amis étaient des livres.

Mes souvenirs n'ont isolé que des images fixes et retouchées, ils s'emboîtent mal dans la réalité dont ils gomment le flux incessant, ils m'encombrent, je n'en ai aucun besoin. Peu à peu je les écarte, du reste ils se désincarnent à l'épreuve des faits. Je m'abandonne à une vie réglée et perçois la douceur d'un monde sans télévision ni gadgets ; la radio qu'on allume met un temps à chauffer, grésille avant d'émettre ; le cartable avachi sert à deux générations, on reprise les vêtements usés, les briquets jetables n'existent pas, la mode se cantonne à la longueur des jupes, vos objets vous survivent. Je m'éblouis au contact retrouvé d'une société de moindre choix, plus rustique, où l'inutile est banni avec naturel. Cet hiver, on va se chauffer au bois dans nos sept cheminées, et on brûlera des boulets de charbon dans les tiroirs des salamandres en faïence ; le matin, mon père mettra sa robe de chambre et son chapeau noir pour préparer son café dans la cuisine vaste et froide. En été, nous conservons le beurre dans un pot de grès, avec de la glace achetée en pains.

La semaine prochaine, c'est la rentrée des classes et je me fais du mauvais sang. Bah ! je verrai bien ; avec ce que j'ai appris en un demi-siècle je dois briller à l'école, en prenant garde de ne pas en rajouter, de rester doué mais avec mesure. En attendant, l'après-midi, ma mère me prend la main et m'entraîne vers les boutiques où elle fourgue ses derniers modèles de chapeaux ; elle prend des commandes, elle discute des heures. À *La Toquade*, à deux pas de l'avenue Paul-Doumer et du Trocadéro, je bâille et ne l'écoute plus, mais, en regardant la rue, je vois passer Louise au bras de Galuchat : ceux-là, ils n'ont plus besoin de ma présence, au contraire, ma disparition semble les arranger. Tant mieux. Ce n'est pas à moi d'avoir des remords. Louise éclate de rire, Galuchat la regarde avec des yeux de limande. Ils s'arrêtent devant la vitrine, elle désigne du doigt l'un des chapeaux de ma mère, un bibi tricoté, avec une plume sur le devant.

Chaque soir, à neuf heures, mes parents viennent m'embrasser à tour de rôle. Ma mère ferme et range la bande dessinée ou le livre dans lequel j'étais plongé ; mon père éteint la lampe de chevet. Ensuite je rêvasse dans la pénombre avant de sombrer dans un sommeil facile, en songeant à ce que je vais pouvoir modifier de ma vie future, pour l'améliorer, pour ne plus manquer certaines occasions, pour ignorer les regrets. Défilent des visages de filles, très jeunettes, des mijaurées ou des capricieuses, des timides, des agaçantes, des plus maladroites que moi dont je n'ai pas compris au bon moment les œillades, alors je sortirai de ma réserve, ma main n'hésitera plus à se poser sur une main. Je soupire. Ce n'est pas encore de mon âge.

J'ai vécu très sérieusement mon retour à l'école, avec ces mêmes appréhensions que jadis. Ma mère m'y a conduit en autobus, et elle attend au seuil de la cour, dans un groupe de dames et d'abbés en soutane, que la grosse horloge perchée sous les toits du bâtiment principal marque huit heures. Elle m'a poussé avec mon cartable bourré de cahiers neufs et d'un plumier vers les élèves silencieux qui se ramassent en troupeau sous les marronniers, s'interpellent d'un geste et se racontent, gorge nouée, les premiers épisodes de leurs vacances d'été. J'identifie des visages sans pouvoir poser dessus un nom de famille. Comment s'appelle ce rougeaud à brosse courte qui me fait un clin d'œil ? L'appel, dans quelques instants, va me rafraîchir la mémoire. Ça y est. Un surveillant sonne la cloche de bronze qui marque les études, les cours et les récréations ; la meute s'approche des perrons. L'abbé qui gouverne les classes de neuvième s'avance sous le péristyle, devant les portes vitrées des salles. Il tape dans ses mains pour établir le parfait silence et crie : « À l'écoute de votre nom, vous vous rangerez en file au pied des marches ! Entrent en neuvième verte, chez Monsieur Petitot, les élèves suivants : Adam, Abramov, Armanbois, Arnaud, Avrain, Bernigon... » Les parents sont partis, les portes fermées par les appariteurs en blouse grise, et Monsieur Petitot considère les chenapans qu'il va éduquer pendant trois trimestres ; c'est un petit homme à gros ventre, avec un costume qui tirebouchonne, des lunettes comme des loupes, un sourire permanent qui n'indique pas forcément la bonté. Au passage j'ai reconnu Avrain, mon rougeaud de tout à l'heure, et Pacotte, ce bavard de Pacotte, consigné tous les jeudis pour indiscipline, et Forain, Mercadet, Polastron.

Nous nous asseyons derrière nos pupitres. Avec une bouteille à bec, un appariteur verse de l'encre violette dans les godets de porcelaine blanche auxquels nous avons droit. Mince ! Je n'ai jamais su écrire à la plume, ça crachote sur la page, ça se casse, on s'en met plein les doigts... « Silence ! » Dès la première heure, l'abbé Mongins, notre préfet, menace d'un regard étudié Mercadet et Polastron qui chuchotent entre eux ; ces deux beaux parleurs deviendront avocats, je les ai revus en 1980...

Le silence établi sous la menace de la longue règle de fer qu'agite l'abbé Mongins, et qui s'abattra maintes fois sur les doigts des plus dissipés, Monsieur Petitot présente son programme, ensuite nous notons nos noms sur des demi-feuilles quadrillées : jusqu'à la fin de l'année scolaire nous garderons les places où nous nous sommes assis. Vient le menu, la géographie du lundi matin, que suit une heure de mathématiques, etc.

Cela me déplaît. J'ai un maigre avantage sur mes condisciples car ce que j'ai emmagasiné au long de ma vie me sera désormais inutile, et je vais à nouveau apprendre par cœur la liste des préfectures et sous-préfectures dont je ne me souviens pas. Je vais avaler de force l'alphabet de la communication, comment lire, comment écrire, comment calculer, dessiner, obéir, travailler, réciter, retenir, supporter la promiscuité et le jugement des autres. La vie se cache dans la rue ou dans ma chambre : en classe il faut subir. Est-ce que je vais m'affirmer par le rejet, ou, craintif, me laisser façonner sans broncher ?

Fluet, les dents barrées par un appareil qui donne à sa voix un son métallique, Pacotte nous dépasse d'au moins une tête. Il deviendra ambassadeur mais pour l'instant c'est mon cheval : les batailles vont en effet reprendre entre les deux sections d'une même classe ; les plus petits sur le dos des plus hauts vont se ruer les uns contre les autres dans des assauts violents, jeter sur le ciment de la cour les cavaliers adverses ; cela promet des visites à l'infirmerie. Stratégies et connivences s'ébauchent en général au réfectoire. Cette salle qui pue le savon noir, en contrebas, aux fenêtres grillagées, nous y pénétrons à onze heures trente en file indienne, sous les aboiements de l'abbé Mongins : « Je ne veux voir qu'une seule tête ! » Le préfet et les professeurs montent à leur table, sur l'estrade qui domine, et, après une prière bâclée, les élèves se relâchent et pillent les corbeilles de pain mou, se disputent, se distribuent des coups de coude et piaillent dans un brouhaha. Arrivent des plats qui fument, saucisses bourrelées de graisse, lentilles aux cailloux, sur les longues tables de marbre qui poissent des précédents repas.

La discipline s'autorise des répits, pour libérer officiellement la part de sauvagerie ; elle se propose d'endiguer les cruautés ordinaires des jeunes gens, mais, avec hypocrisie, elle se contente de dissimuler des instincts vivaces. Elle provoque en retour une autre dissimulation : on se cache et on ment pour échapper au bonnet d'âne, aux coups de règle sur les ongles et à l'agenouillement sur les graviers ; la solidarité qui en découle s'apparente à celle des bagnards. Comment puis-je supporter de revivre cette existence-là, que j'ai déjà supportée onze heures par jour pendant neuf ans ?

Un collège. On y vit une guerre larvée des élèves contre leurs maîtres et, entre eux, division contre division ; des clans se forment pour opposer les classes. Les plus costauds essaient leur force sur les petits qu'ils intimident ; quelques dadais de sixième pressent contre les portes à claire-voie des pissotières ce malheureux Mercadet dont la tête ne leur revient pas, ils lui tordent le bras, lui envoient des bourrades ; dans le vacarme de la récréation et les hurlements des joueurs de foot on n'entend pas les plaintes ; les abbés lisent leurs bréviaires en marchant par deux, comme des pigeons, soutane au vent, ils n'interviendront qu'au premier sang pour expédier les coupables en étude avec des lignes à copier. Cela produit chez certains des réflexes commerciaux : Polastron a déjà copié des pages entières de lignes qu'il négocie aux punis contre un pain au chocolat, un yoyo ou des billes.

Les professeurs participent à cet univers de brutes. Un souffre-douleur, quelle excellente façon de prévenir les chahuts. Ce bon Monsieur Petitot, sans jamais quitter son sourire fin, s'attaque dès le premier jour à Bernigon ; il rougit comme une tomate quand on l'interroge, celui-là, provoque des moqueries bienvenues, et Petitot force la note, interroge à tour de bras, met à la question : « Bernigon, au tableau ! », « Bernigon, debout ! Récitez-nous *Le loup et l'agneau*, mais en français ! » Bernigon débarque du Morvan, belle région de France, et il a un accent qui amuse la classe. Pourquoi Bernigon ne se révolte-t-il pas ? Isolé, dénigré, moqué, accablé, torturé, il souffre derrière son masque de bonne humeur pataude. J'ai retrouvé sa trace vingt ans après, par le biais de Polastron : sec, méchant, volontiers injuste, Bernigon dirigeait l'antenne d'une banque hollandaise à Singapour.

À sept ou huit ans, vous n'aimez pas que vos parents vous attendent à la sortie de l'école, vous avez un peu honte de les montrer. Ressemblez-vous par quelques traits à votre mère, à votre frère ou à votre grande sœur, cela vous gêne car vous prévoyez les sarcasmes : « Hé ! T'as vu la sœur de Bernigon ? Ils ont tous des gros pifs, chez eux ! » Vous vous êtes forgé un personnage, vous avez bluffé, la famille qui se révèle soudain vous banalise et vous le supportez mal. Vous menez déjà une double vie.

L'école compartimente votre temps. Vous y tenez un rôle à l'écart de la famille. Dans ces bâtiments clos, a priori hostiles, où l'on vous dresse, soit vous rentrez dans un groupe par affinité ou par hasard, soit vous jouez le solitaire qu'on rejette et dont on plaisante. Trop tard pour Bernigon. Qui voudrait partager des secrets avec ce lourdaud ? Les messages en code, les mystères, la frime, un vocabulaire à l'écart des béotiens, cela vous pose, vous apprenez à paraître ; Bernigon restera le clown du professeur et de la classe.

Le soir, chez moi, sous l'éclairage jaune et velouté de ma lampe à pied de bois, le dos dressé sur des coussins de couleurs, je mets à la voile. Mes après-midi de pseudo-liberté, les jeudis et les dimanches, je traîne dans le grand appartement en construisant des épopées pour moi seul. Je choisis les objets et les rêves au détriment des êtres. Pour un collégien des années cinquante, le monde extérieur ne se manifeste que par des racontars. Les conversations des adultes, quelle barbe !

Je m'évade à merveille dans mes illustrés ; mon père me pardonne, à cause de mon âge, cette lecture assidue où il ne voit que sottises enfantines, mais je peux affirmer aujourd'hui qu'il se trompe. Ces récits dessinés étaient prémonitoires. Ils décrivaient les maux de notre XXe siècle dominé par Fantômas et ses émules. Eh oui, nous étions gavés d'histoires réalistes, simplement décalées dans le temps. De quoi parlaient la plupart de nos feuilletons ? Des mégalomanes, ivres d'or et de pouvoir, veulent s'emparer de la planète à leur unique profit. Pour conduire à son terme la destruction collective, et régner sur les ruines, tous les moyens modernes sont bons ; ils tentent de paralyser des populations entières avec leurs ondes domestiquées ; ils endorment une ville avec des gaz toxiques pour réussir des hold-up en série ; ils hypnotisent, ils menacent Paris avec des avions fantômes, ils incendient les principales métropoles avec des engins télécommandés, ils empoisonnent des fleuves avec des bactéries volées à Bâle dans un laboratoire secret ; ils détournent des avions de ligne, ils capturent des otages, mènent des chantages internationaux, fourbissent des guerres sans merci et sans idéologie, kidnappent des chimistes, inventent des poisons qui rendent fous, trafiquent des stupéfiants à grande échelle qu'ils cachent dans d'innocentes boîtes de crabe. Qu'on les tue, ils ressuscitent toujours au prochain épisode. Ils s'appellent Axel Borg, Olrik, Zorglub, Monsieur Choc, Rastapopoulos, Septimus, Aspiridès ou Lady X. Aucun héros ne peut les empêcher de continuer leurs œuvres néfastes. Moi qui viens du futur, j'affirme leur réalité : au Japon, en 1995, la secte Aum projetait d'anéantir Tokyo en déversant deux cent quarante kilos de gaz sarin depuis douze modèles réduits d'hélicoptères télécommandés.

— Qu'est-ce que tu lis ? me demande mon père.
— *Le Vicomte de Bragelonne.*
— Et tu comprends tout ?
— Ben oui...
— Ce livre, tu l'apprécieras vraiment quand tu auras dépassé la quarantaine ; il ne parle que du temps qui passe.
— Il y a aussi les mousquetaires.
— Qui meurent à la fin.
— Me raconte pas !
— Le gros Porthos avance dans un souterrain miné, et soudain il se demande pourquoi il met un pied devant l'autre, il s'arrête et se laisse écraser par la montagne. Il meurt le jour où il commence à penser. Il ne faut pas trop réfléchir, mon petit.
— J'aime bien, papa, c'est amusant.

— Tu apprendras que non, enfin... À propos, j'ai rencontré l'abbé Mongins. Il voulait me dire deux ou trois choses à ton sujet.

— J'ai pas de mauvaises notes, sauf en géo.

— Il trouve que tu ne participes pas assez aux jeux de tes camarades.

— J'aime pas le ballon.

— Il m'a montré ce devoir de leçons de choses, où tu devais décrire un animal familier (*il sort ma copie de sa poche*), tes copains ont évoqué leur chien, un poisson rouge... (*Il met ses lunettes et lit :*) « Le pou a une mauvaise réputation. Il habite les cheveux des enfants de la maternelle ou les poils follets des pauvres. Avec ses huit pattes il galope entre la peau et la chemise, se multiplie avec conviction et déjeune en famille de votre sang. C'est un parasite ; seul dans la toundra, il mourrait. » Où as-tu recopié ce texte ?

— Je l'ai pas recopié !

— L'idée, le vocabulaire, l'usage du point virgule...

— Si, c'est moi qui ai écrit ça.

— Je veux bien te croire, mon petit, mais dans notre société, il vaut mieux se cacher. Les autres détestent ceux qui savent.

— Je suis pas plus doué que les autres, papa.

— D'autre part, ton professeur, Monsieur Petitot, t'a confisqué cet appareil avec lequel tu jouais en classe d'arithmétique...

— Non, je jouais pas.

— À quoi sert-il ?

— C'est une calculette.

— Une quoi ?

— Ça sert à réussir les additions, tiens, je te montre, tu appuies sur ce bouton, les chiffres sortent sur le cadran...

— Où as-tu déniché cet objet ?

— Euh… C'est Avrain qui me l'a échangé contre une tablette de chocolat Poulain où il y a des chèques Tintin à découper, et quand tu en as cent tu as un album sur l'aviation dessiné par Hergé qu'on trouve pas dans les magasins…

Ce nigaud d'Avrain ne m'a pas donné la calculette. Elle fait partie de mon trésor, que je cache derrière le tablier de ma cheminée, des objets étranges que j'ai trouvés comme ça dans la poche de ma culotte grise, des cartes souples et coloriées, avec des dessins en relief, des numéros, des mots dessus, *Visa*, *American Express*, et dans le plastique rouge, deux photos en couleur, pas du noir et blanc peint, comme devant les cinémas qui passent des westerns, non, en vraies couleurs, un monsieur à cheveux longs qui a un peu le même nez que papa, et une dame brune qui sourit. Je ne les connais pas. D'où viennent ces objets ? Qui me les a glissés dans ma poche ? À quoi servent-ils ? Je les garde parce qu'ils sont mystérieux comme un butin de pirates.

Mon papa a bien voulu que je m'inscrive au cours d'escrime, comme ça je pourrai jouer au mousquetaire avec Pacotte et Polastron. On se quitte plus, tous les trois, et on se raconte nos illustrés, et on essaie d'imaginer la suite des aventures de Blake et Mortimer, c'est pas facile mais ça nous occupe les récrés mieux que le foot. L'autre jeudi, après la messe obligatoire, un missionnaire barbu comme une chèvre est venu en catéchisme nous expliquer comment les Africains adorent les fétiches et se massacrent avec des gourdins, on a frissonné, et il nous a dit que les pères blancs étaient habitués à se laisser martyriser, il a donné plein d'exemples de saints rôtis sur la braise, ou découpés en tranches comme des rôtis de bœuf, estropiés exprès. Et puis au début des premiers froids, Monsieur Petitot a eu la grippe, et il a été remplacé par un plus jeune, avec une grande veste à épaulettes rembourrées, et une petite tête en clou de girofle qui lui sort d'un col trop large. Il nous a appelés « les enfants », alors on a chahuté tout de suite. Un jour, Avrain a décalé son bureau qui, du coup, est tombé de l'estrade quand il y a posé sa grosse serviette de prof. Et puis un autre jour, Marquiset a mis de la craie écrasée dans son chapeau et puis il a eu du blanc sur le front, et on a rigolé, on a trépigné fort en dessous des pupitres, l'abbé Mongins a entendu, il est arrivé en criant et toute la classe a été consignée avec des tas de lignes à copier.

La neige tombe depuis trois jours sur Paris. Des camions ont jeté du sel dans les rues mais il y a peu de voitures qui se risquent dehors en toussotant. Chez nous, dans le garde-manger, les oignons ont gelé. Le bougnat a monté des sacs de charbon et des bûches par l'escalier de service, et il a sali le carrelage de l'office avec ses grosses semelles mouillées, et il s'est fait disputer par Madame Martineau, notre femme de ménage qui se laisse pas intimider et qui époussette sans arrêt partout. Le soir, en avalant la soupe à la tomate qui brûle le palais, je pense aux jouets que je vais demander pour Noël. La semaine prochaine j'irai dans les magasins avec maman. Et puis à Pâques j'espère qu'il y aura encore de la neige, on ira dans les Alpes comme tous les ans et je descendrai les grandes pentes en luge. Et puis en été on ira à Trouville. Les vacances me soutiennent, je ne vis que pour elles, ça me permet de supporter le collège et l'abbé Mongins qui nous fait peur et parle de l'enfer. Hé !

Demain il y a compo de géo, et j'ai pas révisé. Si je tombe sur les affluents de la Garonne je vais avoir un zéro. Bof ! Je copierai sur Pacotte. Il est vachement sympa, Pacotte. D'ailleurs, lui, il sera encore premier. L'autre fois, il m'a demandé : « Qu'est-ce que tu feras quand tu seras grand ? » J'ai pas su répondre. Je verrai bien. J'ai le temps.

Du même auteur :

LA SAIGNÉE, Belfond, 1970.
COMME DES RATS, Grasset, 1980 et 2002.
FRIC-FRAC, Grasset, 1984.
LA MORT D'UN MINISTRE, Grasset, 1985.
COMMENT SE TUER SANS EN AVOIR L'AIR, La Table Ronde, 1987.
VIRGINIE Q., parodie de Marguerite Duras, Balland, 1988. (Prix de l'Insolent.)
BERNARD PIVOT REÇOIT..., Balland, 1989. Grasset, 2001.
LE DERNIER VOYAGE DE SAN MARCO, Balland, 1990.
UBU PRÉSIDENT OU L'IMPOSTEUR, Bourin, 1990.
LES MIROBOLANTES AVENTURES DE FREGOLI, Bourin, 1991.
MURUROA MON AMOUR, parodie de Marguerite Duras, Lattès, 1996.
LE GROS SECRET, Calmann-Lévy, 1996.
LA BATAILLE, Grasset, 1997. (Grand Prix du roman de l'Académie française, Prix Goncourt et Literary Award 2000 de la Napoleonic Society of America.)
LES AVENTURES DE MAI, Grasset/Le Monde, 1998.
IL NEIGEAIT, Grasset, 2000. (Prix Ciné roman-Carte Noire.)
L'ABSENT, Grasset, 2003.
LE CHAT BOTTÉ, Grasset, 2006.

Avec Michel-Antoine Burnier :

LES AVENTURES COMMUNAUTAIRES DE WAO-LE-LAID, Belfond, 1973.
LES COMPLOTS DE LA LIBERTÉ : 1832, Grasset, 1976. (Prix Alexandre-Dumas.)
PARODIES, Balland, 1977.
1848, Grasset, 1977. (Prix Lamartine.)
LE ROLAND BARTHES SANS PEINE, Balland, 1978.
LA FARCE DES CHOSES ET AUTRES PARODIES, Balland, 1982.
LE JOURNALISME SANS PEINE, Plon, 1997.

Avec Jean-Marie Stoerkel :

FRONTIÈRE SUISSE, Orban, 1986.

Avec Bernard Haller :

LE VISAGE PARLE, Balland, 1988.
FREGOLI, UN SPECTACLE DE JÉRÔME SAVARY, *L'Avant-Scène Théâtre*, n° 890, 1991.

Avec André Balland :

ORAISONS FUNÈBRES DE DIGNITAIRES POLITIQUES QUI ONT FAIT LEUR TEMPS ET FEIGNENT DE L'IGNORER, Lattès, 1996.

Composition réalisée par PCA

Achevé d'imprimer en septembre 2007 en Espagne par
LIBERDUPLEX
Sant Llorenç d'Hortons (08791)
Dépôt légal 1re publication : septembre 2007
N° d'éditeur : 89866
Librairie Générale Française – 31, rue de Fleurus – 75278 Paris Cedex 06

31/1484/0